黄金の指紋

横溝正史

角川文庫
23256

目次

鷲の巣燈台

諸君、瀬戸内海の地図をひらいてみたまえ。岡山県の南方に、児島半島《こじまはんとう》という半島が、瀬戸内海にむかって、長くつきだしているのが見えるだろう。

その児島半島のほぼとっさきに、下津田《しもつだ》という小さな町があり、その下津田の町はずれに、岬《みさき》が一つ、海にむかってつきだしている。

この岬は、鷲《わし》の巣岬《すみさき》というのが、ほんとうの名まえなのだが、きんじょに暗礁《あんしょう》がおおくて、ときどき船が難船《なんせん》するところから、ひと呼んでこれを難船岬という。

この難船岬は長さが一キロ弱、全部けわしいがけからできているので、人家とてないが、そのとっさきに燈台が一つ、海にむかってそびえているのだ。瀬戸内海を航行する、船の乗組員たちが、鷲の巣燈台とよんでいるのがこれである。

この鷲の巣燈台の燈台守は、古川謙三《ふるかわけんぞう》といって、年のころは四十歳前後。たいへん話のおもしろい、子どもずきなひとなので、野々村邦雄《ののむらくにお》少年はいつかこの燈台守《もり》のおじさんと、すっかり仲よしになってしまった。

邦雄はこの土地の者ではない。生まれも学校も東京で、ことし中学の二年生になるのだが、下津田の町に、おかあさんのにいさんが住んでいるので、この夏休みを利用して、東京からひとりで遊びにきたのだった。

そして勉強のかたわら、海水浴をしたり、ハイキングをしたり、楽しく夏休みをおくっていたのだが、そのうちに、こころやすくなったのが、燈台守のおじさんなのである。邦雄は勉強やハイキング、さては海水浴にもあきると、よく燈台へ遊びにでかけた。そして燈台を見せてもらったり、おじさんから、いろんな話をきくのが、なによりの楽しみだった。

まえにもいったように、燈台守のおじさんは、たいへん子供ずきだった。それに話がとても上手だった。

おじさんはここの燈台へくるまえに、あちこちの燈台で、燈台守をしていたので、ずいぶんいろんなことを知っていた。ながいあいだ、燈台守などをしていると、いろいろふしぎな思いや、あぶない目にあうものらしいのである。

嵐《あらし》のことや、難破船のこと、さては海にからまるふしぎな話――

話上手なおじさんの口から、それらの話が語られるとき、邦雄はどんなに胸をおどらせて、聞きほれたことだろう。東京生まれで、東京そだちの邦雄にとっては、おじさんの話は、みんな、おとぎばなしか、冒険《ぼうけん》小説のようにしか思われなかった。

いやいや、しかし、おじさんの話は、けっしておとぎばなしでも、冒険小説でもなかったのである。邦雄はそれから間もなく、燈台守のおじさんと、仲よくなったばっかりに、おじさんの話よりも、もっともっとふしぎな冒険、怪奇な事件にまきこまれることになったからだった。

それは夏休みも、残り少なくなった八月二十五日のこと。

邦雄はその日も鷲の巣燈台へ、遊びにでかけたが、おじさんにひきとめられるままに、晩ごはんをごちそうになり、夜の八時ごろまで遊んでしまった。

それというのはおばさんが、二、三日まえから親戚《しんせき》の家へいっていて、おじさんひとりでるすばんをしていたからである。それでひきとめられるままに、つい帰ることができなかったのだ。

邦雄が鷲の巣燈台をでたのは、八時ちょっとすぎだった。

いかに日の長い夏とはいえ、八時といえばもうまっ暗《くら》。空をあおげば、イカのすみのような黒雲が、あとからあとから矢のように、東から西へながれていく。

夕方から吹きだした風が、しだいに吹きつのってきて、なにもさえぎるもののない、鷲の巣岬のてっぺんでは、うっかりしていると、がけの上から吹きとばされそう。がけの下では波の音がものすごい。そういえば、さっき鷲の巣燈台できいたラジオの気象通報では、今夜半《こんやはん》より、かなり強い嵐がくるだろうとのこと。

邦雄はまっこうから吹きつけてくる風と戦いながら、懐中電燈の光をたよりに、鷲の巣岬の途中まできたが、そのとき、とつぜん、

「おい、ちょっと待て」

と、ゆく手に立ちふさがった者があった。

邦雄はギョッとして立ちどまると、反射的に懐中電燈の光をむけた。見ると相手はふたりで、ひとりは雲をつくばかりの大男、それに反してもうひとりは、女のようなきゃしゃなからだをした人物なのだ。ふたりとも、洋服の上に、長い防水コートを着て、ふちの広いレインハットをかぶっている。

そのうえ、コートのえりをふかぶかと立てているので、ぶきみに光る目だけが見えるばかりで、顔はちっともわからない。ただ、小柄なほうの人物が、女のように色の白いのが目についた。

「なんだ子どもか」

相手もパッと懐中電燈で、邦雄の顔を照らすと、大男のほうが、ひょうしぬけがしたようにそういった。太い、さびのある声だった。

「おまえ、どこからきた。そして、いまごろどこへいくんだ？」

「ぼく、鷲の巣燈台へ遊びにいったんです。そして、これから下津田へ帰るとこなんです」

なんだか気味が悪かったので、邦雄はどもりがちに答えた。

「なに、燈台へいっていた？」

大男はチラと小男と顔を見合わせたようだが、すぐまた邦雄のほうへむきなおって、

「燈台には燈台守がいたろうな」

「はい」

「燈台守のほかにだれかいるか」

「いいえ、きょうはおじさんひとりです。おばさんは二、三日まえから、親類のところへいってるんです」

そういってから、邦雄は思わずハッとなった。そのとたん、大男の目がギロリと光ったように思われたからだった。

「ああ、そうか、よしよし、それじゃ気をつけていけ。呼びとめてすまなかったな」

相手が道をひらいてくれたので、邦雄は逃げるようにそこから走りだした。なんともいえぬ気味悪さに、わきの下にびっしょり汗をかきながら……。

そのとき、ザアッと猛烈な雨が、たたきつけるように落ちてきた。その雨のなかに、鷲の巣燈台の光がキラリキラリと明滅《めいめつ》している。

難破船

ジャン、ジャン、ジャン……。

けたたましく鳴りひびく半鐘《はんしょう》の音に、邦雄がハッと目をさましたのは、その真夜中の三時すぎのことだった。

嵐はいよいよ勢いをましたらしく、外はものに狂ったような雨と風の音。波の音ものすごいのだ。

しかも、それらの音にまじってきこえるのは、町でつきだす早鐘《はやがね》の音。沖からきこえる汽笛のひびきが悲しそうである。

「アッ、難破船だ！」

邦雄は、ガバと寝床からとびおきると、海に面した雨戸をひらいたが、そのとたん、ドッと吹きこむ風にのって、半鐘の音と汽笛のひびきが、にわかに大きく耳をうった。沖を見ると、すみを流したような海の上に、三十度ほどかたむいた汽船のりんかくがぼんやり見える。邦雄はそれを見ると、ハッと息をのみこんだが、つぎの瞬間、アッと声をあげずにはいられなかった。

それは鷲の巣燈台だった。なんということだろう。鷲の巣燈台の灯が消えて、海の上はまっ暗ではないか。こんな晩こそ、海上をいく船にとって、燈台の光がなによりもたよりなのに……。

邦雄は、ハッと胸さわぎを感じた。昨夜、鷲の巣岬の途中で出会った、あの怪しいふたり連れのことが、サッと頭にひらめいたからなのだ。ひょっとすると、燈台守のおじさんに、なにかまちがいがあったのではあるまいか。

そのとき、早鐘の音にとびだした町のひとびとが、口々にののしり、わめきながら、下の道を浜辺のほうへ走ってゆくのがきこえてきた。

「こりゃ、たいへんだ」

邦雄は急いでへやへとってかえすと、電燈のスイッチをひねってみたが、停電とみえて灯はつかない。しかたなしに、暗やみのなかで服を着て、上からレインコートをひっかけたが、そのとき階下《した》でもがやがやと、さわぐ声がきこえてきた。どうやら、おじさんやおばさんも起きているようすである。

邦雄がレインコートの上にフードをかぶって、階下へおりていくと、おじさんもロウソクの光をたよりに、ちゃんと身じたくができていた。

「おじさん、おじさん、難破船です。それに燈台の灯が消えています」

「なに、燈台の灯が消えている？……」

おじさんもびっくりして、窓から外をのぞいたが、

「あっ、ほんとうだ。どうしたんだろう」

「おじさん、ぼくも連れてってください」

「まあ、邦雄さん、あんたはおうちにいたほうがいいよ。けがをするとあんたのおかあさんに申しわけがないから……」

「いいえ、おばさん、だいじょうぶです。ぼくはもう子どもじゃありません。それに、燈台のおじさんのことが気になるんです」

ふたりが押し問答をしているところへ、だれかがドンドン表の戸をたたいて、

「御子柴《みこしば》さん、起きてください。難破船ですぞッ！」

と、呼ばわる声がした。

邦雄のおじさんは、御子柴忠助《ちゅうすけ》といって、この町の町長なので、こんなときには、な

にをおいてもかけつけなければならないのだ。

「よし、いまいくぞッ!」

「おじさん、ぼくもいっしょに連れていってください」

「よし、ついておいで」

嵐はますますつのってきて、雨と風がたたきつけるように、まっしょうめんから吹きつける。それと戦い、戦い、ようやくの思いで浜までくると、そこではもう、戦場のようなさわぎだった。

三か所ばかりたいたかがり火のあいだをぬって、たいまつがとび、カンテラが右往左往する。みんな声をからして口々に、何やらわめいているのだ。

「おうい、ロープをよこせ、ロープを……」

「よし、きた、おういロープを投げるぞ」

「舟はどうした。どうして、こっちへ帰ってくるのだ」

「だめだ、だめだ。この嵐じゃ、とても汽船まで近寄れやせん!」

「アッ、そこにだれか流れついたぞ!」

そういう声が、雨と風に吹きちらされて、とぎれとぎれにきこえてくる。半鐘の音はもうやんでいたが、汽笛の音がもの悲しかった。さっきから見ると沖の汽船は、だいぶかたむきが大きくなっているようだ。

浜からは、いくどか舟がだされたが、なにしろひどい嵐である。みんな岸へ吹きもどされて、どうしても沖の汽船へたどりつくことができない。

そのうちに、全身ずぶぬれになったひとびとが、ひとりひとり、若者の肩につかまって、よろよろと邦雄のまえを通りすぎた。みんな難破した船のひとびとなのだ。きけば汽船からおろされた八そうのボートのうち、半分までが、途中でひっくりかえったのだという。それでも生きて浜までたどりついたひとびとは、さいわいだった。岸まで流れよったときには、もう、息のないひとも少なくなかったのだから。

邦雄はそういうひとを見るたびに、手を合わせておがんだが、そのうちに、ふと気がついて、

「おじさん、おじさん！」

「おお、邦雄、なにか用事か？」

おじさんは、戦場のような浜じゅうを走りまわって、さしずをあたえるのにいそがしかったが、邦雄に声をかけられると、汗まみれの顔をふりむけた。

「ぼく、ちょっと燈台のおじさんが気になりますから」

「ああ、そう」

おじさんはちょっと小首《こくび》をかしげたが、

「それじゃいってこい。気をつけていけよ。ああ、それから邦雄」

「はい、何かご用ですか？」

「途中でだれか、流れついているかもしれないから、よく気をつけてくれ」

「はい、わかりました。それじゃ、いってきます」

懐中電燈の光をたよりに、邦雄は嵐をついて、鷲の巣岬のほうへ走りだしたが、あとから思えばこのことこそ、あのような奇怪な冒険に足をふみいれる、第一歩となったのだった。

黒い箱

嵐はどうやら峠をこしたらしく、さっきからみると、雨も風も、だいぶ勢いがおとろえたようである。

それでもまだ、ときどき、思いだしたように吹きつける風、たたきつける雨が、邦雄のゆくてをはばんでものすごかった。

その雨、風と戦いながら、邦雄はやっと鷲の巣岬のとっつきまできたが、なに思ったのか、とつぜんギョッとして立ちどまった。

邦雄は嵐のなかに立ちどまって、ジッとききき耳をたてたが、まちがいはない。うめき声はそこにそびえている、岩のかげからきこえるのだった。

邦雄は小走りに岩をまわって、むこうへでたが、はたして岩の根もとに、男のひとが倒れていた。洋服がぐっしょりぬれているところを見ると、難破船から流れついた遭難者《そうなんしゃ》にちがいない。

邦雄は急いでそばへかけよった。

「もしもし、しっかりしてください」

懐中電燈の光をむけると、それは二十四、五歳の若い男だった。

「もしもし、しっかりしてください。もうだいじょうぶです。気をたしかに持ってください」

そのことばが耳にはいったのか、青年は、苦しげに目をひらいて、邦雄の顔を見ながら、

「ああ、……きみ、……水……水……」

「ああ、水ですか。ちょっと待ってください。いますぐくんできます」

邦雄は岩のむこうに、きれいな小川が海にそそいでいるのを知っていた。そこで大急ぎで小川の水をドップリとタオルにふくませて帰ってくると、それを若い男の口にあてがった。

男はうまそうに、そのタオルをすっていたが、やがてガックリと首をうなだれると、

「ああ、ありがとう。……ぼくは……ぼくはもう死んでもいい……」

「な、なにをいってるんです。ばかなこといっちゃいけません。しっかりしてください」

「いいや、ぼくは、もうだめだ。胸をうたれて……ぼくは、もう助からない」

「えッ、なんですって?」

邦雄はびっくりして、懐中電燈の光で、青年の胸を調べてみたが、そのとたん、思わ

ずアッと息をのんだのだった。

なんということだろう。青年の胸のあたりが、まっ赤に血で染まっているではないか。

「こ、これはいったい、どうしたんです……うたれたって、いったい、だれにうたれたんです?」

「あいつだ、あいつだ、義足の男……」

「義足の男ですって? いったい、いつ?」

「汽船が暗礁にのりあげたとき……あいつは……あいつは、どさくさまぎれにぼくを殺して、こ、この箱を盗もうとしたんだ」

見ると青年は、小わきにしっかり、黒い皮の、直方体の箱を抱いている。

「ぼくは……ぼくは……これをかかえて、命がけで海へとびこんだ。こ、これをあのひとに渡すまでは、死んでも死ねない……」

「しっかりしてください。死ぬなんて、そ、そんな……ああ、ちょっと待ってください。ぼく、だれかを呼んできます!」

燈台も燈台だったが、こうなると、この青年を捨てておくこともできない。邦雄がだれか呼んでこようと思って立とうとすると、青年は腕をとってひきとめた。

「ああ、ちょっと待って……ぼくは、それまで命がもつかどうかわからん……それよりもきみに頼みがある。さっきから、きみのことばをきいていたが、きみはこのへんのひとじゃないね」

「ええ、ぼくのうちは東京です。お休みで、こっちへ遊びにきているんですが、二、三日うちに東京へ帰ります」

それをきくと、青年は、きゅうに大きく目を見ひらいた。

「き、きみ、そ、それはほんとうか」

「ほんとうです」

「あ、あ、ありがたい。こ、これも天の助けだ。き、きみ、こ、これを……」

青年はむりやりに、かかえていた黒い箱を邦雄の手に押しつけると、

「これを……きみにあずけておく。これを、東京へ帰ったら金田一耕助《きんだいちこうすけ》というひとに渡してくれ。金田一耕助……わかったか。所書きはその箱のなかにある……」

「そ、そんなことをいったって、ぼく……」

「いいや、きみよりほかに頼むひとはない。お願いだ、きみがきいてくれないと、かわいい……お嬢さんの運命にかかわるのだ。……いいか、頼んだぞ。……気をつけたまえ、この箱をねらっているやつは……たくさんいる。今夜……今夜、燈台の灯を消して、船を遭難させたやつも、きっとそのうちのひとりにちがいない……」

「な、な、なんですって？」

邦雄は思わずギョッと、青年の顔を見なおした。

「これは……ぼくの想像かもしれないが、だれかが、船を遭難させて、ぼくと……この黒い箱を、海底に沈めてしまおうとしたのにちがいないのだ。……恐ろしいやつが、た

くさんこの箱をねらっているのだ。……いいかね……だれにも、きみがこの箱を持っていることを知らしちゃならんぞ。……とりわけ、……義足の男に気をつけて……金田一耕助……わかったか、……金田一耕助にこの箱を、きっと渡してくれたまえ」

青年はそこまで語ると、がっくりと首をうなだれてしまった。

気がつくと、嵐はもうだいぶおさまっていたが、それでもおりおり、たたきつけるような雨が降っては通りすぎてゆく。

野々村邦雄少年は、黒い箱をかかえたまま、ぼう然として雨のなかに立ちすくまずにはいられなかった。

義足の男

「もしもし、おじさん、しっかりしてください。もしもし……」

邦雄はとほうにくれてしまった。

青年に渡されたものを見ると、縦横ともに二十センチ、高さ四十センチくらいの黒い皮の直方体の箱で、なにがはいっているのか、手に取ってみると、ずっしりと重いのだ。

「もしもし、おじさん、もしもし……」

邦雄はむちゅうになって、青年をゆすぶったが、ぐったり目をつむって、返事もしない。ひょっとすると、死んだのではあるまいかと、胸へ手をやってみたが、心臓は動いている。傷口を調べてみると、出血はとまっていた。

邦雄はきゅうにピョコンととびあがった。

(そうだ、だれかを呼んでこよう。手当てが早ければ助かるかもしれない。むこうの浜には、お医者さんや看護婦さんだっているはずだ)

邦雄は岩をまわって五、六歩かけだしたが、そこでふと、思いだしたのが黒い箱のことだった。あの箱を残していってよいだろうか。いや、だれかがやってきて、あの箱を持っていったらどうするのだ。あのひとは気を失っているのだから、だれが持っていってもわかりゃしない。それではあずけられた自分がすまない。

邦雄は急いで青年のそばへひきかえすと、黒い箱をとりあげたが、それはかなり重いうえに、かさばるので、いますぐには、持って歩くことはできなかった。それだのに、さっき、この青年はなんといったか。

「きみがこの箱を持っていることを、だれにも知らしちゃならんぞ……」

邦雄はちょっと、とほうにくれたが、すぐにいい考えがうかんできた。青年が倒れている岩には、だれも知らない穴がある。邦雄はいつか、カニを追っかけていて、ぐう然発見したのだが、それを思いだすと、すぐ、その穴のそばへとんでいった。

穴はでっぱった岩の下にあり、しかも岩にこびりついた海草が、すだれのようにたれているので、だれもそんなところに、穴があるとは気がつかない。邦雄はその穴の奥へ、黒い箱を押しこんだ。

そして、その上から、流れよった海草を、めちゃくちゃにつめこんでおいた。こうしておけば、もうだれにも見つかる気づかいはない。邦雄はそれでやっと安心して、岩のかげからとびだしたが、そのとき、ついうっかり大事なものを落としてしまっていたのである。

それは腰にぶらさげたタオル。さっき青年に、水を飲ませるために使ったあのタオル。邦雄はそれをわすれていったのだが、そのタオルには、邦雄の名まえだけでなく、学校の名まで書いてあったのだ。

それはさておき、岩かげからとびだした邦雄は、まだ降りしきる雨をついて、一生けんめい走っていったが、ものの五百メートルもきたときだった。

「おい、きみ、きみ！」

かたわらの岩かげから、ぬうっと黒い影が、上半身をあらわした。

「なにかご用ですか？」

邦雄はギョッとして立ちどまると、懐中電燈の光をむけたが、この男は、毛皮でつくったふちなし帽をかぶり、皮のジャンパーを着て、太いステッキをついていた。そして、片目を黒い布でおおっているのが、なんとなく、気味悪い感じなのである。

「きみ、きみにたずねたいことがあるんだが……」

「はあ、なんですか」

「きみはむこうからきたようだが、あっちにだれか、流れついている者はないかね？」

「…………」

邦雄は、ちょっと返事につまった。さっきの青年のことを、いってよいか悪いか迷ったからなのだ。

「じつはわたしの連れが、ゆくえ不明になっているので、さっきからさがしているんだ。海の底へ沈んだものならしかたがないが、浜へうちあげられているなら、かいほうしてやりたいし、すでに命のないものなら、自分の手でほうむってやりたいと思ってね」

いかにも心配そうなようすを見ると、邦雄もつりこまれて同情せずにはいられなかった。

「おじさんの連れというのは、どういうひと？」

「二十四、五歳の若い男なんだがね」

片目の男はちょっとためらったのち、

「じつは、悪者に胸をうたれて負傷しているんだ。それで、よけいに心配なんだが……」

「ああ、おじさん、そのひとならむこうにいるよ。むこうの岩かげ……ほら、むこうに大きな岩が見えてるでしょう。あのむこうに……」

「ああ、そうか。それはありがとう。それじゃ、さっそくいってやろう」

そういいながら片目の男が、小岩をまたいでやおらこちらへでてきたとき、邦雄は思わずアッと、その場に立ちすくんでしまった。いままで小岩でかくれていたので、気がつかなかったのだが、なんと、その男の左足は義足ではないか。

あの青年がくれぐれも、気をつけろといった義足の男。難破船の上で、青年を殺そうとしたという義足の男……邦雄は、頭から冷たい水を、ぶっかけられたような気持ちがしたが、義足の男はそのようすを、ギョロリとしりめにかけると、そのままステッキをついて走りだしていった。

その足の早いこと。ピョンピョンと、とぶように走っていくのだ。

それを見ると邦雄も、むちゅうになって、おじさんたちのいるほうへ走っていった。

したたる血しお

「邦雄や、どうしたもんだ。だれもいやぁせんじゃないか」

「邦雄くん、あんた、寝とぼけて、夢でも見たのとちがうか。あっはっは」

それから間もなく、おじさんや、おまわりさんの木村さん、さてはお医者さんの須藤《すどう》先生を案内して、さっきの岩かげまでひきかえしてきた邦雄は、まるでキツネにつままれたような顔色になった。そこには義足の男はもとよりのこと、重傷を負って、意識不明におちいった、青年の姿さえ見えないではないか。

「いいえ、そんなことはありません。たしかにここに、ひとが倒れていたんです。しかも、そのひとはピストルでうたれていたのです」

「しかし、そんなに重傷を負っている者が、きゅうに身をかくすはずがないじゃないか」

「だから、おじさん、義足の男がどこかへ連れていってしまったんです」

義足の男は青年を、いったい、どこへ連れていったのだろう。そして、どうしようというのだろう。邦雄はそれを考えると、なんともいえぬ恐ろしさを感じないではいられなかった。

「は、は、は、ばかなことをいっちゃいかん。そいつは義足をはめていたというのだろう。そして、ステッキをたよりにやっと歩いていたというのだろう。そんな男が人間ひとり抱いて逃げることができるものか」

おじさんも木村巡査も、どうしても邦雄のことばを、信用しようとはしない。悪いことには、降りしきる雨に、岩の上の血痕《けっこん》も洗いながされて、血に染まった負傷者が、そこに倒れていたことを、証明できるような痕跡《こんせき》は、どこにも残っていないのである。

(そうだ！　しょうこがある。穴のなかにかくしてある、あの黒い箱があるじゃないか！)

邦雄は、よっぽどそれをとりだして、おまわりさんに、説明しようかと思ったが、すんでのところで思いとどまった。あの青年は邦雄になんといったか。

「いいかね。これをきみが持っていることを、ぜったいにひとに知られてはならないよ」

と、そういったではないか。もし青年が死んだのなら、あの一言こそ、遺言《ゆいごん》になったわけである。

死にゆくひとの、さいごのことばは、しっかり、守ってあげねばならない。またもしあのひとが生きているとすれば、その許しをうけるまでは、ぜったいにひとにもらしてはならない。自分のような少年に、このようなことを頼むというのは、よくよくのことでなければならない。きっと自分を信頼できる少年だと思ったのであろう。

（あのひとの信頼にそむいてはならない。黒い箱をひと知れず、東京まで持ち帰って、金田一耕助というひとに手渡ししよう。それまでは、ぜったいにこのことを、ひとにしゃべらないぞ）

邦雄はけなげにも、心のなかで、かたくそう誓ったのだった。

そのとき、おじさんが思いだしたように、

「そうそう、邦雄、おまえ燈台までいってみたのか？」

「いいえ、おじさん、その途中であの男のひとに出会ったものですから……」

「まだあんなことをいっている。どうも変だな。燈台守はなにをしてるんだ。木村さん、いってみようじゃありませんか」

「そうですね。わたしもさっきから気になっていたのです。ひとつ調べてみましょう」

「わたしもお供をしますかな。邦雄くんのいうけが人が、どこかそこらに倒れているかもしれませんから」

お医者さんの須藤先生だけが、いくらか邦雄の話を、信用している口ぶりだった。

そこで一同は燈台めざして歩きだしたが、そのときになっても邦雄は、まだ気がつかずにいた。岩の上にわすれていったタオルが、青年とともに消えうせていることを……。

間もなく、一同は鷲の巣燈台にたどりついた。

「おーい、古川くん、いるか！」

燈台守の小屋のまえで、おじさんが大きな声で叫んだ。しかし、返事はなくて、入り口のドアが、バタンバタンと、風にあおられているばかり。なかをのぞいてみると、ひとの姿は見えなくて、ただ、電気がわびしげについているばかり。

「みょうだな。どこへいったんだろ」

「おじさん、へんじゃありませんか。燈台の入り口があいています」

「よし、なかへはいってみよう。古川くん、古川くん」

一同は燈台守の名を呼びながら、燈台のなかへはいっていったが、そのとたん、邦雄が、アッと叫んで立ちすくんでしまった。

「おじさん、おじさん」

「ど、どうした、邦雄、なにかあったか」

「あ、あれ……」

邦雄の指さすほうを見て、一同は思わずギョッと息をのまずにはいられなかった。

階段の上に点々として、黒いしみがつづいている。しかも、それはずっと上のほうからつづいているのだ。木村巡査《じゅんさ》はそっとそのしみにさわってみて、

「血だ！」

一同はゾッとしたように、顔を見合わせたが、やがて、はじかれたように階段をかけ

のぼっていった。

指紋のある燭台

鷲の巣燈台は五階になっている。そしてその上に照明燈がそなえつけてあるはずだった。

一同は階段につづいている、血のあとを伝って、照明燈のそばまでかけつけたが、そのとたん、まるで棒をのんだように、立ちすくんでしまった。むりもない。

照明室は巨人の手によって、かきまわされたような混乱ぶりなのである。照明燈はこっぱみじんにぶっこわされて、レンズのかけらがあたり一面に散乱しているではないか。

そして血だらけの床に、燈台守の古川謙三《けんぞう》が、胸をえぐられて死んでいるのだった。

それを見ると邦雄は、なんともいえない怒りが、むらむらと、こみあげてくるのを感じた。

(だれかが照明燈をこわしにきたものだから、燈台守のおじさんは、それを防ごうとして、勇敢に戦ったあげく、とうとう、力つきて殺されたのにちがいない)

邦雄はふと、昨夜、鷲の巣岬の途中で会った、ふたり連《づ》れの男のことを思いだした。

(あいつだ、あいつがおじさんを殺し、照明燈をこわしていったのだ！　なんのために？……ひょっとすると、それは青年もいっていたとおり、あの船を難破させるためで

はなかったのだろうか)

ああ、なんという血も涙もないしうち。なんという大犯罪。それこそ、鬼とも、悪魔ともいうべきしわざではないか。

邦雄はふたたび、みたび、怒りが胸もとにこみあげてくるのをおぼえた。

「おじさん、おじさん、燈台守のおじさん！」

邦雄はそう叫んで、むちゅうでそばにかけよろうとしたが、その声に、一同は、ハッと気がついた。

「あ、そうだ。邦雄くん、むこうの浜辺に警部さんがきているはずだ。すまないが警部さんに、このことを知らせてきてくれないか！」

「だって、ぼく……」

「邦雄、なにをぐずぐずしている。木村さんのおっしゃることをきかないか」

おじさんにそういわれると、きかないわけにはいかない。邦雄はよろめくような足どりで照明室をでていった。

(自分をあんなにかわいがってくれた、あのやさしい、親切な燈台守のおじさんが死んでしまった)

なんともいえない悲しみが、胸にあふれてくるのをおぼえながら、燈台をでた邦雄は、岬をすぎ例の岩かげまできたが、そのとき、ふと思いだして、穴のそばへ近寄った。

さいわい、あたりにはだれもいない。穴のなかをさぐってみると、さっきの黒い箱があった。それをレインコートの下にかくして、もとの浜辺まで帰ってくると、警部はすぐに見つかった。警部は邦雄の話をきくと、びっくりして、二、三人の部下とともに、燈台のほうへかけだしていった。そのあとを見送っておいて、邦雄はおじさんの家に帰ってくると、そのまま二階へあがって、レインコートの下から、黒い箱をとりだした。

邦雄の頭には、いま、はっきりとしたひとつの考えがある。それは、どうしても燈台守のおじさんの、かたきを討たねばならぬということである。

しかし、かたきを討つためには、まず、そのかたきからさがしださねばならない。それにはどうすればよいか。そこで思いだしたのはさっきの青年のことばだった。

「これはぼくの邪推かもしれないが、燈台の灯を消して、船を遭難させたのも、ぼくとこの黒い箱を海底へ、沈めてしまうためではないか……」

すると、燈台守のおじさんを殺したやつも、この黒い箱と、何か関係があるにちがいない。邦雄はわななく指で、黒い箱をひらいた。

箱には錠がついていたが、カギはかかっていない。箱のなかからでてきたのは、白いキリの箱だった。

邦雄がソッとふたをとってみると、なかには、黒いビロードで包んだものがあり、その上に、金田一耕助というひとの、住所を書いたものがのっけてあった。

その紙をのけ、邦雄は布ごと中身をだすと、布をめくってみた。するとなかからでてきたのは、目もまばゆいばかりの黄金の燭台《しょくだい》、――ロウソク立てなのである。

台座の直径十五センチばかり、その上に高さ三十センチ、直径八センチばかりの円筒形の柱が立っていて、その柱にはブドウのつるのからみついているところが、彫《ほ》ってあるのだったが、なんと、そのブドウの実というのが、みんな紫《むらさき》ダイヤではないか。

邦雄は、思わず息をのみこんだ。燭台を持つ手が、わなわなとふるえ、ひたいに汗が、びっしょりうかんできた。

邦雄は、あわてて燭台を、机に置いた。それからハンカチで、ていねいにぬぐいかけたが、そのうちに、ふしぎなことに気がついた。

燭台の火皿のところ、そこだけはなんの彫刻《ちょうこく》もなく、すべすべとしているのだが、そこにはくっきりと、指紋《しもん》が一つ、ついている。

邦雄ははじめ、それを自分の指紋だと思い、ていねいにふいてみたが、いくらふいても指紋はとれない。ふしぎに思って、目を近づけてみたが、そのとたん、みょうなものを発見して、思わずアッと息をのんでしまった。

いくらふいてもとれぬはずだった。その指紋はくっきりと、黄金の地膚《じはだ》に、焼きつけられていたのである。

いったい、これはだれの指紋なのだろう。そして、この指紋のついた黄金の燭台には、いったい、どのようなナゾが、秘められているのだろうか。

須藤先生のゆくえ

邦雄はまるで自分が、冒険小説の主人公かなんかになったような気がしてきた。それもそのはずなのだ。その黄金の燭台というのは、どうみてもただの品物とは思われない。もしもこれがしんのしんまで黄金だとしたら、いまの値段にして、何十万円、何百万円、いや何千万円するかわからぬしろものだからである。

おまけに、その燭台にちりばめられた、紫ダイヤのすばらしさ――。

邦雄のような少年にも、これが世にも貴重なものであるらしいことがわかるのだった。しかも、この黄金の燭台には、黄金とダイヤのねうちばかりではなく、もっとほかに、何か大きな意味があるらしいのである。

あの青年はこういったではないか。

「お願いだ。きいてくれ……きみがきいてくれないと、かわいいかわいい、お嬢《じょう》さんの運命にかかわるのだ……」

してみると、この黄金の燭台が金田一耕助というひとの手に、ぶじにわたらないと、どこかのかわいいお嬢さんの身に、不しあわせなことが起こるのではあるまいか。

そう考えると邦雄は、重っくるしい責任感で胸がふさがりそうな気がした。

もし、これがふつうの少年なら、こんな気味悪い事件から、手をひいたかもしれない。

警察へとどけて出るか、それともおじさんにうちあけるかして、自分は責任をさけようとしたかもしれない。

しかし、野々村邦雄は勇気にとんだ、責任感のつよい少年だった。あの傷ついた青年の、一生けんめいの頼みを思うと、どうしても、そのとおりにしてあげねばならぬと決心したのだ。

たとえ、そこにどのような、危険や災難がよこたわっていようとも……。

それはさておき浜辺では、その日一日、救難《きゅうなん》作業がつづけられていた。

難破した汽船は日月丸《にちげつまる》といって、九州の博多から大阪へむかう途中だったのである。

乗員はあわせて、百六十人から乗っていたのに、ぶじにたすけられたのは六十八人、死体となって浮きあがったのが四十七人、あとの四十何人かは、まだ生死さえわからないという。

邦雄はそういううわさをきくにつけ、燈台守のおじさんを殺し、燈台の灯を消したにくむべき犯人のしわざに対して、腹のなかが煮えくりかえるような怒りを感じた。

夕方ごろおじさんが、へとへとになって帰ってきた。

「たいへんなできごとだな。浜へいってみい。気のどくで目もあてられんぞ」

「ほんとうにとんだことでしたねえ。それでもう、あなたのご用はおすみになりまして？」

おばさんがたずねると、おじさんは首を左右にふって、

「なかなか……飯を食うたらまた出かける」

「まあ、あんまりごむりをなすって、あとでおつかれが出ると困りますわ」

「そんなことといってられるかい。遭難した人のことを考えてみなさい」

「それもそうですけど」

「おじさん、また出かけるの。それじゃぼくも連れてってください」

邦雄はそばから口を出すと、おじさんは笑って、

「いや、おまえこそうちにいたほうがいいぞ。けさはご苦労だった。くたびれたろう」

「だいじょうぶですよ。あれからぐっすり寝ましたもの。ねえ、連れてってください」

「そんなにいうならきてもいいが……」

そこで晩ごはんがすむと、邦雄はまた、おじさんについて、浜辺へでていった。

夕食がすんでもまだ明るい浜辺は、あいかわらず戦場のようなさわぎである。近所の町から応援にきた、おまわりさんや青年団員、さてはまた、新聞やテレビで日月丸遭難を知って、おどろいてかけつけてきた遭難者の身寄りのひとたちで、浜辺はごったがえすようなさわぎなのだ。

嵐はすっかりおさまって、昨夜にかわる上天気。海もおだやかにないで、夕焼け雲のうつくしいのが、かえってもの悲しさをそそるのである。

日月丸は半分かたむいたまま、沖に座礁《ざしょう》していた。

邦雄とおじさんが浜辺へくると、すぐ木村巡査がそばへよってきた。

「ああ、御子柴さん、あんた須藤先生をご存じじゃありませんか？」

「えっ、須藤先生がどうかしましたか」

「それがおかしいんです。お昼すぎからずっと姿が見えないんですよ」

「うちへ帰ってるんじゃありませんか」

「いいえ、おくさんも知らないといってるんです。どうも変ですね。こんなたいせつなばあいに、お医者さんが姿をかくすなんて……」

木村巡査は困ったように、頭をかいていたが、それをきくと邦雄は、なんとはなしに怪しい胸さわぎを感じないではいられなかった。

しょうこのタオル

「おじさん、ぼく、ちょっとむこうのほうを見てきます」

おじさんと木村巡査をそこに残した邦雄は、ごったがえす浜辺のなかを、難破させた岬のほうへ歩いていった。

邦雄の胸は、いま怪しくおどっていた。須藤先生はいったいどこへいったのか。あとから打ちあげられる、気のどくなけが人をほっておいて、お医者さんがかってによそへいくとは思われない。

（須藤先生がいなくなったのには、なにかわけがあるのにちがいない。ただ、そのわけとはなんだろうか……）

邦雄の頭に、いなずまのようにひらめいたのは、胸をうたれた青年のことだった。

（あの青年がいなくなったのは、義足の男が連れていったにちがいないが、ひょっとするとその義足の男が須藤先生を……）

邦雄は間もなく、難船した岬のねもとまでやってきた。

そこにはおまわりさんが二、三人立っていて、だれも岬へいれないように、張り番をしている。鷲の巣燈台で人殺しがあったので厳重に警戒しているのだ。

しかし、邦雄のめざしているのは、その岬ではなくて、そこから五百メートルほどむこうの、がけの上に建《た》っている、漁師小屋なのだった。この小屋は五、六年まえの嵐で、めちゃめちゃにこわされて以来、住むひとともなくあき家になっているのだ。

邦雄はきょう一日考えたあげく、ひょっとすると義足の男は、あの小屋へ、例の青年を連れこんだのではないかと思ったのである。

岬のねもとをすぎると、間もなくむこうに、半ごわれになった小屋が見えてきた。邦雄は岩かげに身をかくすと、はうようにしてじりじりと小屋に近づいた。

だが邦雄が、小屋から二百メートルほどのところまで、はいよったときだった。だしぬけに、がけの下からきこえてきたのは、ダ、ダ、ダ、ダというエンジンの音。

邦雄はハッとして、がけぶちから、下の海面をのぞいたが、そのとたん、髪の毛が逆《さか》立《だ》つような恐ろしさを感じたのである。

がけの下からいま一そうの、モーター・ボートがでていこうとしている。しかも、そのボートのハンドルをにぎっているのは、まぎれもない、片目を黒い布でおおった義足の男。おまけにモーター・ボートのなかには、がんじがらめにしばられたうえ、さるぐつわまではめられた、あの青年がぐったりと、横たわっているではないか。

「たいへんだ！　だれかきてください。人殺しが逃げていく！」

邦雄はむちゅうになって叫んだ。その声がきこえたのか、義足の男はハンドルをにぎったまま、クルリとこちらをふりかえったが、ものすごい目で、邦雄をにらみつけると、そのまま沖へまっしぐらに……。

「早く！　だれかきてください。ぐずぐずしていると、あのひとが殺されてしまう……！」

邦雄がなおも叫んでいると、岬のねもとで見張りをしていたおまわりさんが、ばらばらとかけつけてきた。

「おい、どうしたんだ、何事が起こったのだ？」

「アッ、おまわりさん、すぐにあのモーター・ボートを追っかけてください。悪者がけが人を連れて逃げてゆくんです」

おまわりさんは、半信半疑で邦雄の話をきいていたが、モーター・ボートを見ると、

「アッ、あれは海上保安庁のボートじゃないか。ちくしょうッ、だれがのり逃げしやがったのだ！」

おまわりさんはピストルをだしてぶっぱなした。

しかしモーター・ボートはすでに遠い沖へでているので、とてもピストルのたまはとどきそうもない。

ピストルの音をききつけて、またふたり、おまわりさんがかけつけてきた。

そこで邦雄が手みじかに、朝からのいきさつを語ってきかせると、がぜん、おまわりさんはきんちょうして、

「よし、それじゃすぐに追っかけろ」

「追っかけろといって、モーター・ボートはどこにあるんだ」

「岬のむこうがわに、海上保安庁のボートがきているはずだ。きたまえ」

「よし、おれは警部さんに報告してくる」

こうして、大さわぎののち、警察のモーター・ボートがだされたころには、義足の男と青年をのせたモーター・ボートは、おりからの夕焼けの空をうつして、まっ赤に燃えあがる海上遠く豆粒ほどの大きさになってしまっていた。

「邦雄、どうしたのだ。あのさわぎは何事だ」

邦雄が手に汗をにぎって、海上を見つめているところへかけつけてきたのは、おじさんと木村巡査である。

「アッ、おじさん、きてください。あの小屋です」

邦雄を先頭に、おじさんと木村巡査が、半ごわれの漁師小屋へかけつけると、そこに

は、はたして須藤先生が、がんじがらめにしばられ、さるぐつわをはめられて、床にころがされていた。

「アッ、こ、これは……須藤先生、いったい、これはどうしたのです？」

おじさんと木村巡査が、あわててさるぐつわをはずし、縄をとくと、須藤先生は息をはずませ、

「御子柴さん、木村くん。邦雄くんのいったのはほんとうでしたよ。わたしは義足の男にピストルでおどかされ、ここへ連れてこられたのです。すると若い男が倒れていて……」

「それで先生が手当てをしたんですね。そして、傷はどうでした？」

邦雄が心配そうにたずねた。

「いや、傷はあんがい浅かったのです。それで、手当てはすぐにすんだが、義足の男め、礼をいうどころか、あべこべにわたしをしばって、さるぐつわまでかませ、どこかへ出かけていきましたが、さっきモーター・ボートを見つけてきたといって、けが人をかついでいってしまったんです。ところで邦雄くん、きみは気をつけなきゃあいかんぜ」

「ど、どうしてですか、先生！」

「ほら、このタオル、これはきみのものだろう？」

須藤先生がだして見せたのは、さるぐつわに使われたタオルだが、それを見ると邦雄は、思わずギョッとなった。

ああ、それはまぎれもなく、自分のタオルではないか。しかもそこには自分の名まえだけでなく、学校の名まで書いてあるのである。

「義足の男は、そこに書いてある野々村邦雄とはどういう人間だとたずねていたよ」

「先生、それで先生は、ぼくのことをいったのですか？」

「いいや、知らんといっておいた。しかし、義足の男はせせら笑って、なに、おまえがいくらかくしても、町できけばわかることだと……」

邦雄はそれをきくと、背すじがゾッと寒くなるような恐ろしさがこみあげてきた。

あの、義足の男が自分をねらっている。ひょっとすると、義足の男は、自分が黄金の燭台をあずかっていることに、気がついたのではないだろうか……。

にがいリンゴ

列車はいま東へ東へと走っている。

ローカル線で岡山まででて、そこから新幹線のひかり号にのりかえたとき、すでに日はとっぷりと暮れていたから、超特急の列車は、まっ暗なやみのなかを、ひたすら、東へ東へと走っているのだ。

邦雄は、おばさんの作ってくれたおべんとうを食べてしまうと、雑誌をひらいたが、どうも身がはいらなかった。思いはともすれば、怪奇な冒険のほうへとんでいき、目が、とくに網だなの上にある、ボストン・バッグにひかれてしまうからだった。そのボストン・バッグのなかにこそ、あの黒い皮の箱がひめられているのである。

その日は、あの日月丸の遭難事件があってから、一週間ほどのちのこと。邦雄はいま下津田の町や、なつかしい燈台に別れをつげて、東京へ帰ろうとしているのだった。

義足の男はあれから、とうとうつかまらなかった。のって逃げたモーター・ボートは、下津田から二里（約八キロメートル）ほどはなれた海岸に、のり捨ててあったのだが、ふしぎなことにはその付近のひとでだれひとり、義足の男を見た者はいなかったのである。

また、燈台守のおじさんを殺して燈台の灯を消した悪者も、まだつかまっていない。いったいその悪者と義足の男と関係があるのかないのか、それすらまだわからないしまつだった。

邦雄はふしぎでならないのだが、燈台の灯を消したやつは、いったい、どういう目的をもっていたのだろう。日月丸が難破すれば、ひょっとすれば、黄金の燭台も、海底に沈んでしまうかもしれないではないか。それにもかかわらずあの青年は、燈台の灯を消したやつも、黄金の燭台をねらっているのにちがいないといったが、それはどういうわけなのだろう。

わからない。なにもかもが、まだ濃《こ》いナゾの霧《きり》につつまれているのだ。ただわかっているのは、義足の男が自分の名まえを知っていること。そして自分をつけねらっているにちがいないこと――ただそれだけなのである。

邦雄はなんとはなしに、ゾクリとからだをふるわせたが、そのときだった。

「あの、これ、おあがりになりませんか？」

声をかけられて、ふと、隣《となり》の席をふりかえると、きれいな女のひとが、にこにこ笑いながら、邦雄のほうを見ていた。

邦雄はその女に見覚えがあった。この女のひとも岡山駅から、邦雄といっしょにひかり号の自由席へのりこんだのだ。そして、ちょうどあいていたこの席へ、隣り合わせにすわることになったのである。

その女のひとは、年ごろ三十歳くらい。黒っぽい旅行服に、黒っぽいコートを着て、黒っぽい帽子の下から、黒いベールをたらしている。

しかし、コートも、服も、くつも、みんなピカピカするような、ぜいたくなもので、とても普通の自由席にのるような、婦人とは見えない。指にもキラキラ光る石のはまった指輪をはめているのだ。

邦雄はさしだされた、おいしそうなキャンデーの箱を見ると、どぎまぎして、顔を赤くしながら、

「ああ、いや、ありがとうございます。ぼく、おべんとうを食べたばかりですから……」

と、ことわった。

邦雄はけっして、キャンデーがほしくなかったわけではないが、近ごろ列車のなかが

とかく物騒だということを、ひとにきいていたから、用心をしたのだった。

うっかりひとにすすめられたものを食べたところが、そのまま眠ってしまって、そのあいだに持ち物をぬすまれるという話が、よく新聞に出ているので、邦雄は気をつけたのである。

「まあ、それじゃ、食後のくだものはいかが？」

女はキャンデーの箱をひっこめると、リンゴを一つとりだした。

そして、器用な手つきで皮をむくと、まんなかから二つに切って、その半分を邦雄のほうへさしだした。

邦雄はまさか、それまでいやとはいえなかった。

そこでお礼をいって、半分のリンゴを受けとると、相手はどうするかと見ていたが、女は平気で残りの半分を食べてしまった。邦雄もそれに安心して、ついもらった半分を食べたが、それが思わぬゆだんだった。

リンゴを二つに切るとき、女がすばやくナイフの片側に、なにやら怪しい薬をぬったのを邦雄は気がつかなかったのである。……そして、薬をぬった側で切られた半分を、邦雄にすすめたのを……。

邦雄は窓ガラスに顔をよせてやみのなかに白く光る、明石《あかし》の海の波がしらをながめているうちに、ふいに、なんともいえぬ眠けにおそわれてきた。しまったと思って、女のほうをふりかえった。

邦雄はしばらく、おそいかかる睡魔《すいま》とたたかっていたが、そのうちに、ハッとあることに気がついた。ああ、さっき食べたリンゴの味……舌にのこるほろ苦さ……邦雄はギョッとして、女のほうをふりかえった。

女の目がベールの下で、ヘビのように光っている。

邦雄はなにか叫ぼうとした。しかし、舌がもつれて声がでない。邦雄はしばらく、必死にもがいていたが、どうにもこうにもがまんができなくなって、ふかいふかい眠りのふちへひきずりこまれていった。ベールの女の、ヘビのような目が、あざけるように笑っているのをぼんやりながめながら……。

普通車はぎっしり客でつまっていたが、だれひとり、小さなこのできごとに、気がついた者はいなかったのである。

恐ろしい注射

午後七時――。

ひかり号はいつのまにか姫路《ひめじ》駅をすぎて、新神戸《しんこうべ》駅にすべりこもうとしている。そこではさすがにそうとうおりるひとがあるらしく、車内はなんとなくざわめきたっていた。身づくろいをするひと、網だなから荷物をおろすひと、あわてて洗面所へかけこむひと……。

黒衣の女も列車が新神戸駅へ近づくにしたがって、そわそわしながら、手まわりのものをまとめていたが、やがて網だなからおろしたのは、なんということだろう。邦雄のだいじな、ボストン・バッグではないか。そのバッグのなかには、邦雄が青年からあずかった、黒い皮の箱がはいっているのだ。

黒衣の女はすました顔で、それをさげるとデッキへでていった。

普通車にはぎっちりひとがつまっていたが、だれひとり、黒衣の女の怪しいふるまいに気がついた者はいない。かんじんの邦雄は薬のききめで、こんこんと眠りつづけているのである。

やがてひかり号は、ごうごうと、新神戸駅へすべりこんだ。黒衣の女は邦雄のボストン・バッグをぶらさげて、ゆうゆうとして、プラットホームへおりていった。

ああ、なんという大胆《だいたん》さ。身なりを見ればいかにも上品そのものだから、だれひとりこの女が眠り薬をかがせたり、ひとのものをかっぱらったり、そんな悪事をはたらこうとは、夢にも気づかなかったのも、むりはない。

すると、それとほとんどおなじころ、前方につながれたグリーン車から急ぎ足でおりてきた男がある。男はしばらくあたりを見まわしていたが、黒衣の女に気がつくと、手をふって合図をした。黒衣の女もそれに気がつくと、例のバッグをぶらさげて、足早にプラットホームを走り、男のそばへ近づいた。

「どうだ、カオル、うまくいったか」

黒衣の女の名は、どうやらカオルというらしい。

「ええ、先生、だいじょうぶです。これ……」

カオルはほこらしげに、片手にぶらさげたボストン・バッグをふって見せた。

男は、それをみると目を光らせて、

「それじゃ、そのなかに例のものが……」

「ええ、まちがいありません。あたし、うえからさわってみたんですもの」

「いや、おてがら、おてがら。おれもこれで、枕《まくら》を高くして寝られるというものだ」

男がニヤリと笑ったとき、けたたましい発車のベルとともに、列車が動きだした。

「アッ、いけない。あの子に姿を見られちゃまずい。おい、ホームの外へ早くでよう」

黒衣の女は、しかしおちつきはらって、

「先生、だいじょうぶですよ。薬のききめであの子はぐっすり眠っています。なかなか目がさめるものですか。ほら、あのとおり……」

ちょうどそのとき、邦雄ののった普通車が、ふたりのまえを通りすぎたが、窓ガラスに顔をよせて、ぐっすり眠った邦雄の姿を見ると、男は安心したように、

「なるほど、うまくやったな、うまいうまい」

と、そのままカオルをひき連れて、改札口へむかう階段のほうへ歩きだした。

ああ、それにしても、そのときもしも邦雄の目がさめていて、一目でも、黒衣の女とならんで立っている、男の姿を見たとしたら、どのようにおどろいたことだろうか。

その男こそは、いつぞやの晩、鷲の巣岬の途中で、邦雄に燈台守のことをきいたあの大男なのだった。あのときは防水帽をまぶかにかぶり、コートのえりを立てていたので、顔はよく見えなかったが、いま、こうして明るいところで見ると、五月人形のしょうきさまのように、顔じゅうひげをはやした男である。

とすると、あのときの小男のほうが、カオルという、黒衣の女だったのではあるまいか。そして、邦雄の考えに、まちがいないとすれば、このふたりこそ、燈台守のおじさんを殺し、燈台の灯を消して日月丸を難破させた、世にも憎むべき大悪人ということになるのだ。

それはさておき、ふたりが階段をおりていくのを、列車の窓から、ヘビのような目で見送っている別なふたり連れがあった。

ひとりはまだ年若い男だが、カエルのようなガニまたのうえに、恐ろしいやぶにらみ。そして、いまひとりというのは……。その男こそまぎれもなく、片目をおおった、あの義足の男だったのである。

ふたりは普通車へはいってくると、邦雄の隣のあいた自由席につき、

「おい、邦雄くん、邦雄くん！」

と、義足の男が、いかにも親しげに、邦雄をゆすぶった。しかし、邦雄はあいかわらず、こんこんと眠っているばかり。

「どうやら薬がきいているらしいな」

「しかし、ボス」

と、やぶにらみはまだ安心ができないらしく、

「いつなんどき、薬のききめがきれるかもしれませんから、念のために、眠り薬の強いやつを、一本チクリと……」

「しいっ」

義足の男はあたりを見まわしたが、

「よし、そうしよう」

と、義足の男がポケットからとりだしたのは銀色の容器だった。そのなかから注射針と注射液をとりだすと、邦雄の左腕に、グサリと針をつきたてた。

「あっ、ううむ……」

邦雄はちょっと身動きをしたきり、すぐにまた、ぐったりと眠りこけてしまった。

「うっふふ、こうしておけば、東京へ着くまで目がさめるようなことはあるまい。東京へ着いたら、こいつになにもかも白状させよう」

ああ、なんということだろう。乗客のいっぱいつまった普通車の車内で、このような恐ろしいことが行われているのを、だれひとり知る者もなく、列車はいま、夜のやみをついて、東へ東へと走っていく。

名探偵、金田一耕助

さて、邦雄がその後どうなったかということはしばらくおあずけにしておいて、新神戸駅をでたしょうきひげの男と、黒衣の女が、それから間もなくやってきたのは市内の山の手にある、怪しげな洋館の地下室だった。そこが酒場になっているのだ。

ふたりが階段をおりていくと、

「おや、先生、お帰りなさい」

と、出迎えたのは、クモのようにいやらしい顔をした小男である。

「おお、チビ、かわりはなかったか？」

「へえ、かわりはございません。例の女の子も、おとなしくしていますよ。どうぞ奥へ……」

小男に案内されて、酒場を通りぬけるとき、しょうきひげは顔をそむけて、なるべく人目をさけるようにした。黒衣の女もあついベールをおろして顔をかくしている。

酒場のなかには、人相の悪い連中がいっぱいいて、酒を飲んだり、歌をうたったり。……その酒場の奥には、すりガラスのはまったドアがあり、ドアのむこうに秘密の打ち合わせをするための、小さいへやが二つ三つ。と――いま、小男の案内で、しょうきひげと黒衣の女が、ドアの奥へ消えたとき、片すみのテーブルからむっくりと頭をもたげた男があった。

そのひと――年ごろは三十五、六歳。スズメの巣のようにもじゃもじゃ頭をしていて、おまけによれよれの着物に、よれよれのはかまという、いかにもひんそうな感じの男なのだ。

もじゃもじゃ頭はさっきから、酒によってうたたねをしていたのだが、それがきゅうにむっくり頭をもちあげて、ふらふらと立ちあがったから、そばにいた酔っぱらいが、びっくりしたように声をかけた。

「おい、スズメの巣、どこへいくんだ」

「ぼく……ぼく……小便をしてくる」

もじゃもじゃ頭は、ふらふらしながら、テーブルのあいだをぬって、すりガラスのドアの奥へ消えていった。

そのうしろ姿を見送って、そばにいた酔っぱらいが仲間をふりかえって、

「おい、あのもじゃもじゃ頭、ついぞ見かけねえ男だが、いったい、どういうやつだ」

「あいつか。なあに、あいつなら心配いらねえよ。近ごろどっかから流れてきて、元町《もとまち》で大道易者《だいどうえきしゃ》をしている男でね。天運堂《てんうんどう》とかいうんだが、あれでなかなかよく当たるという評判なんだ。だから、金もそうとう持ってるんだが、なにしろ酒ときたら目のねえほうだから、まあ、こちとらにとっちゃいいカモよ」

「ふうん、そんならいいが、めったなやつは連れてこねえほうがいいぜ」

「あっはっは、だいじょうぶだよ。あんなおひと好しになにができるもんか。安心して、まあ、いっぱい飲みねえ」

だが、しかし、その男も一目、ドアの奥の天運堂のようすを見たら、いまのことばを、とりけさずにはいられなかったことだろう。

すりガラスのドアが、バターンとうしろでしまったとたん、天運堂のようすがガラリとかわった。寝ぼけたような顔色が、ぬぐわれたように消えると、二つの目が、キラッと鋭くかがやきをましたからである。このもじゃもじゃ頭の酔っぱらいこそだれあろう、天下にかくれもない名探偵、金田一耕助なのだったが、むろんだれひとり知る者はいない。

邦雄があの青年から、黄金の燭台を渡してくれと頼まれたのも、金田一耕助。その耕助がこんなところで、いったいなにをしようというのだろう。

耕助は鋭いまなざしであたりを見回していたが、そのとき、どこかでドアのあく音がした。それをきくと、耕助はふたたびふらふらと酔っぱらいのちどり足。

「だれだ、そこにいるのは……？」

近づいてきたのは、あの小男だった。

「ト、トイレはどこだ。ト、ト、トイレは……ええい、じゃまくさい、いっそここで……」

「なんだ、天運堂か。ば、ばか。そんなところで小便されてたまるもんか。トイレはこっちだよ。チェッ、やっかいな易者《えきしゃ》だ。ほらよ、トイレはここだ。朝まででもゆっくりそこで小便しねえ。あっはっは……」

と、肩で笑って、小男は、また奥へひきかえすと、一つのへやから、小さな人影をひきずりだして、別のへやへはいっていった。

それを見ると金田一耕助は、思わずブルッとからだをふるわせた。

むりもない。いま、小男にひったてられていった小さな人影。それは、なんという奇怪な姿をしていたことだろうか。それはさておき、それから間もなく小男は、ふたたびトイレのまえを通りかかったが、そこで思わず、ギョッとばかりに立ちすくんでしまった。トイレのまえの物置から足が二本、ニュッとのぞいているのである。

「だ、だれだ、そこに、いるのは？」

声をかけたが返事はなく、そのかわり雷のようないびきがきこえてきた。だれかが酔っぱらって、物置のなかで寝ているらしいのだ。

「だれだ、そんなところで寝ているのは？」

のぞいて見ると、大の字になって寝ているのは天運堂だった。小男は舌《した》を鳴らして、

「このやろう、世話をやかせるやつだ。こら、起きろ、起きろ！」

ふんでもけっても起きればこそ、雷のようないびきは、いよいよ高くなるばかり。

「このやろう、朝まで便所にいろといったら、いい気になって、こんなところへ寝ちまいやがった。まあ、いいや、べつに毒になるやつでもねえ。いたくばここにいるがいい

さ」
両足を持って、よいしょと物置のなかへ押しこむと、ガラガラと、戸をしめて、大きな頭をふりながら、表の酒場へでていった。

お気のどくさま

それから一分、二分……物置のなかからきこえていたいびきが、はたとやんだかと思うと、物置の戸をソッとひらいて、そこから顔をのぞかせたのは金田一耕助である。

耕助は、もう酔っぱらってはいない。鋭いまなざしであたりを見回すと、そろそろ物置の戸をひらいて、ヒラリと外へとびだした。そして足音もなく、ろうかを奥へすすんでいくと、やがてピタリと立ちどまったのは、さっき小男が、奇怪な人影を連れこんだへやのまえだった。

耕助はそこのドアに耳をつけ、しばらくなかのようすをうかがっていたが、やがてなにかうなずくと、隣のへやへとびこんだ。さいわいそこには、人気もなく、電燈も消えてまっ暗だったが、隣のへやとの境のかべに、空気抜きの穴があって、そこからひとすじの光がさしこんでいる。耕助はしばらくかべに耳をつけて、隣室のようすをうかがっていたが、やがてあたりを見回して、目をつけたのは大きなあき箱だった。

そのあき箱を空気抜きの下までかかえてくると、二、三度ゆすってみたが、思ったよりもがんじょうにできているらしく、ゆすったくらいではみしりともしない。しめたとばかり耕助は、物音に気をつけながら、あき箱の上にはいあがり、通風口《つうふうこう》から隣のへやをのぞいてみたが、そのとたん、思わず大きく目を見はった。

へやのなかには三人の人物がいた。ふたりはいうまでもなく、しょうきひげの先生と黒衣の女だが、あとのひとりというのが、まことに奇妙な風体《ふうてい》をしているのだ。

それはたぶん、十三か十四歳の子どもだろう。こじきのようにぼろぼろのシャツに、ぼろぼろのズボンをはいているのだが、奇怪なのはその顔だった。

ああ、なんということだろう。その少年は顔に鉄仮面をかぶせられているのである。

その鉄仮面には、二つの穴があいているから、むろん目は見える。それから耳もきこえるのだが、口をきくことはできない。鉄仮面の口のところにしかけがあって、鋭いバネが舌の根を押さえているからだ。

ああ、なんというざんこくなことだろう。なんという無慈悲《むじひ》なことだろう。

生きながら、鉄仮面をかぶせられた少年は、地獄のとらわれびともおなじである。ひとに顔を見せて、自分が何者であるか知ってもらうこともできないし、だれかに名まえをうちあけて、助けをもとめることもできないのだ。

おまけに、両手に手錠さえはめられているではないか。

通風口から、この奇怪な光景をのぞいた金田一耕助は、あまりの恐ろしさに、ゾッとふるえあがったが、ちょうどそのとき、しょうきひげの男が、じょうきげんな声をあげて高らかに笑いだした。

「これはこれは、お姫さま、ごきげんはいかがですか。なにもおかわりはございませんか」

お姫さま……？

それではこの鉄仮面をはめられた人物は、女の子なのだろうか。しょうきひげはわざと、うやうやしく最敬礼をしながら、

「お姫さまにはごきげんうるわしく、うるわしきご尊顔をはいしたてまつり……と、いったところで、その鉄仮面をかぶっていちゃ、顔色もなにも見えやしないや。おい、カオル。ちょっとはずしてやれ」

やがて、銀のカギであけられると、その仮面の下からあらわれたのは、美しい、十三、四歳の少女なのだった。

少女は目に涙をいっぱいうかべ、くやしそうにしょうきひげをにらんでいる。しょうきひげはあざ笑うように、少女の顔を見ながら、また、わざとらしく最敬礼をして、

「これはこれは、小夜子《さよこ》姫《ひめ》にはごきげんうるわしく……あっはっは、あんまり、ごきげんうるわしくもなさそうだな。これ、小夜子、なんでおれをにらむのだ。なんのうらみがあって、そんなこわい顔をしておれをにらむんだ」

少女はくやしそうに、涙を流しながら、

「あなたは鬼です！　悪魔です！　あたしをこんなひどい目にあわせて……」

「なに？　おれが鬼だ？　悪魔だ？　あっはっは、いわせておけばいい気になって……。そんなかわいい顔をしながら、玉虫《たまむし》元侯爵の孫娘だなどと……うそもいいかげんにしろ。

これ娘、よくきけよ。玉虫元侯爵の孫娘、小夜子姫というのはな、戦後、イタリアからの帰りの船で、お亡くなりあそばしたのだ。それをなんだ、自分が小夜子姫などと……この大うそつきの大かたりめが」

「いいえ、いいえ、うそではありません。あたしはほんとの小夜子です。おじいさまには、一度もお目にかかったことはありませんが、あたしこそ、玉虫元侯爵の孫娘、小夜子にちがいありません」

「うそだ、大うそだ。きさまがほんとの小夜子なら、なにかそこにしょうこがあるか？」

「しょうこ……？」

少女はちょっとひるんだ色を見せたが、すぐにキッと、けなげな顔をあげると、

「あります。たしかなしょうこがございます。それは黄金の燭台に、焼きつけられたわたしの指紋です。おじいさまもそのことはよくご存じですから、燭台の指紋と、わたしの指紋が一致すれば、それこそ、あたしが小夜子だという、たしかなしょうこです」

「うっふっふ、その燭台というのはこれかい？」

あざ笑うようにいいながら、しょうきひげの男がとりだしたのは、あの黒い皮の箱だった。それを見ると少女の顔は、みるみるサッと土色に曇った。

「この燭台に焼きつけられた指紋こそ、おまえが玉虫元侯爵の孫娘、小夜子であるということを示す、ただひとつのしょうこだというのだな。フン、それじゃ、この燭台をたたきこわしてしまったら……いや、この燭台から、指紋のところをけずりとってしまったら、どうなるね……？」

小夜子の顔には、サッと恐怖の色が走った。

「アッ、それだけは……それだけはかんにんしてください。その燭台をこわされたら……その燭台から指紋をけずりとられたら……！」

「あっはっは、おまえが小夜子だというしょうこは、なくなるわけか。ところがな、わしはこの燭台をたたきこわしたくてしようがないのだ。いやさ。指紋のところをけずりとりたくて、うずうずしているのよ」

「ああ、鬼！　悪魔！　あなたは……」

しょうきひげはいかにもうれしそうに、黒い箱の掛け金を、ピンとはずすと、なかからビロードの布に包んだものをとりだした。

そして、わななく指で、ビロードのきれをとりのけたが、そのとたん、ワッと叫んで、怒りのために、まっさおになってしまった。

ビロードのきれの下からでてきたものは、あの目もまばゆい黄金の燭台だったろうか。いや、それは似ても似つかぬ鉄亜鈴《てつあれい》。

しかも、その鉄亜鈴には一枚のはり紙がしてあり、そのはり紙には、すみ黒々と、こんなことが書いてあったではないか。

> 黄金の燭台でなくておきのどくさま　野々村邦雄より

燭台のゆくえ

それを読んだときの、しょうきひげの男の顔こそ見ものだった。ひたいの血管がミミズのようにふくれあがり、しばらくは、怒りのために、口もきけないようすだった、やがてらんぼうに鉄亜鈴をとりあげると、ハッシと床にたたきつけた。

「ちくしょう、ちくしょう、あの小僧め！　こんど会ったら、首根っこをへしおってやる！」

と、じだんだふんでくやしがっていたが、やがてものすごい目で黒衣の女をにらみつけた。

「カオル！」

黒衣の女はさっきから、まっさおになってふるえていたが、しょうきひげから鋭い声で呼ばれると、まるで電気にでもふれたように、ビクリとからだをふるわせた。

「先生、かんにんして。……あたしはあなたをばかにしようと思って、こんなものを持ってきたのではないのです。黄金の燭台だとばかり思って……」

しょうきひげは、ギラギラ目を光らせて、

「おれをばかにするつもりじゃなかったと？　しかし、けっきょくおなじことじゃないか。きさまはおれをばかにしたぞ。この小娘の面前で、おれに大恥をかかせたぞ。見ろ、この小娘は笑っている。きさま、よくもこんな鉄亜鈴など持ってきおったな」

「でも先生、それよりほかに、燭台らしいものはなかったんですもの。あの子の荷物は、みんな重さを調べてみました。しかし、燭台らしい重さのものは、ボストン・バッグよりほかになかったんです。それがそうでなかったとすると、あの子は黄金の燭台を、持っていなかったとしか思えません」

「あの子が、持っていなかったとすると、黄金の燭台は、どうしたんだ」

「ひょっとすると、小包で、さきに送ってしまったんじゃないでしょうか」

「そんなはずはない。そんなはずはないと、きさま自身が、いったじゃないか、下津田の町で義足の倉田が、あの子に目をつけているのに気がついた。あいつも黄金の燭台をねらっているのだ。そこで、変に思って、あの子のことを、さぐってみると、どうやら海野青年から、黄金の燭台を、あずかったらしいことがわかったのだ。それ以来、きさまに命じて、あの子の家を見張りさせておいたが、あの子はちっとも外へでず、郵便局へもいかなかったと、きさま自身がいったじゃないか」

「ええ、それはそうですけれど、あの子はいかなくても、おじさんか、おばさんに頼んでいってもらったのかもしれません。とにかくあの子は、汽車のなかへは、黄金の燭台を持ちこまなかったんです」

黒衣の女は必死になっていいわけをした。しかし、しょうきひげはしばらく、かの女を口ぎたなくののしっていたが、そのうちになにを思ったか、ギョロッと大きく目を見はった。

そして、しばらくなにか考えていたが、やがてニヤリと笑うと、よびりんのベルを押した。ベルにおうじてやってきたのはあの小男だ。

「先生、なにかご用でございますか？」

「ふむ、こいつに鉄仮面をかぶせて、いつものところへほうりこんでおけ！」

「しょうちしました。おい、娘、こっちへこい」

「おじさん、かんにんして。……おとなしくしていますから、その恐ろしいお面をかぶせるのだけはかんにんして……」

「やかましいやい。これ、おとなしくしていねえか」

いやがる小夜子をねじふせて、小男はむりやりに、あの恐ろしい鉄仮面をかぶせると、仮面の錠にピンとカギをおろし、ひきずるようにしてへやからでていった。

そのうしろ姿を見送って、しょうきひげはカオルのほうへむきなおると、

「カオル。おまえには話があるが、ここではいけない。あっちのへやへいこう」

と、みずから先にたってへやをでていった。黒衣の女はまっさおな顔をして、おずおずとそのあとからついていった。

袋のネズミ

それにしても、あわれなのは鉄仮面をかぶせられた少女の小夜子だった。

小男にひったてられてやってきたのは、地下室のそのまた地下室ともいうべきところで、じめじめとした穴ぐらのような一室である。

すみのほうに、そまつなベッドが一つあって、天じょうからほの暗いはだか電球がぶらさがっている。小男はその穴ぐらへ、小夜子をほうりこむと、

「ほらよ。おとなしくしているんだよ。いまにネズミが遊びにきてくれらあ。あっはっは」

と、あざ笑うようにそういうと、ドアにピンと錠《じょう》をおろして、鼻歌まじりにゴトゴトと、せまい階段をのぼっていった。

あとには小夜子ただひとり、しばらくはションボリと立ちすくんでいたが、やがてベッドのほうへかけよると、ワッとばかりに泣きふした。

「ああ、おとうさま、おかあさま！」

小夜子は声をかぎりに叫びたいのだ。しかし、恐ろしい鉄仮面をかぶせられているため、ことばは一言も外にでない。ただ、さめざめと泣くばかり。涙が鉄仮面の目からあふれて、あの気味の悪い鋼鉄の顔を、ぐっしょりとぬらした。

小夜子はしばらく、泣きに泣いていたが、なにを思ったのか、ふいに顔をあげると、恐ろしそうに、へやのすみに身をちぢめた。

だれやらまた、階段をおりてくる足音がきこえたからだった。やがてその足音は階段をおりると、しのびやかにこっちへ近づいてきた。

またあの小男がやってきたのだろうか。いやいや、小男なら、あんなに足音をしのばせて、歩くはずがない。その足音はまるでくらやみを歩くネコのように、一歩一歩に気をつけて、しだいしだいにこっちへやってくるのだ。

小夜子はあまりの気味悪さに、ひしとばかりに、ベッドにしがみついた。

やがて、足音がドアのまえにとまったかと思うと、ガチャガチャガチャリと、ドアのカギをまわす音。それからすうっとドアがひらいて、そこから顔をだしたのは、いままで一度も見たことのない、もじゃもじゃ頭の男、いうまでもなく金田一耕助だった。だが、小夜子はだれだかしらない。

金田一耕助は、へやのなかを見回して、小夜子の姿を見つけると、シイッと自分の口に指をあて、それから注意ぶかくドアをしめると、急いで小夜子のそばへ近寄った。小夜子はおびえたように、いっそう身をうしろにひいて、じっとこのちん入者を見まもっている。

「小夜子さん、きみは玉虫小夜子さんでしょう？　なにも心配することはありません。ぼくはきみの敵じゃない。味方なのです。きみは海野清彦《きよひこ》というひとを知っているでしょう？」

海野清彦ときいて、小夜子はなにかいおうとしたが、悲しいことには鉄仮面のために、口をきくことができない。そこで二、三度、強く首をたてにふった。

金田一耕助もそれに気がつくと、

「ああ、きみは口をきくことができないのですね。それじゃぼくのいうことに、首をふって返事をしてください。わかりましたか？」

小夜子はまた首をたてにふる。

「ぼくは金田一耕助といって、海野青年の友だちなんです。海野青年に頼まれて、きみのゆくえをさがしていたんです。そして、やっときみがここにとじこめられていることをつきとめて、このあいだから機会をねらっていたのです。

その機会が今夜やっとめぐってきました。ぼくはきみを助けて、ここから逃げだそうと思うんだが、きみはぼくを信用しますか？　いまこそ、二度とないよい機会なのです。いま逃げそこなうと、こんどは、いや永久に逃げることができないかもしれないんです。どうですか？」

小夜子はしばらくまじまじと、相手のもじゃもじゃ頭をながめていたが、やがて二度、力強くうなずいてみせた。

「そう、それじゃさっそく逃げだしましょう。ちょうどさいわい、いま連中は、上のホールで酒を飲んでいます。そのあいだに早く……！」

金田一耕助に助け起こされて、小夜子はよろよろ、床から立ちあがったが、まだなんとなく、ためらっているようす。

「どうしたの。なぜ、そんなにびくびくしているの。わかった。逃げそこなってつかまると、ひどい目にあわされるんだね」

小夜子は恐ろしそうに、身をふるわせてうなずいた。金田一耕助はひくく笑って、

「しかし、心配はないんだよ。ぼくはこのあいだから、この洋館のことをくわしく調べておきました。この地下室にはいまぼくのおりてきた階段のほかに、もう一つ別の階段があるんです。その階段というのは、裏の物置に通じているんだが、そこから逃げれば、だれにも見つかることはありません。さあ、いきましょう」

金田一耕助のことばに、小夜子はやっと決心がついたようにうなずいた。

「よし、それじゃ、ぼくのからだにつかまっていたまえ。ひとがこのへやをのぞいても、きみがいないことがわからぬように電燈を消しておこう」

電燈を消すと、鼻をつままれてもわからぬようなまっ暗がり。

金田一耕助は、小夜子の手をひいて、へやからすべりでると、用心ぶかくドアにカギをかけた。

「懐中電燈をつけるといいのだけれど、ひとがくるといけないから、……しっかり、ぼくのたもとにつかまっていらっしゃい。なにもこわいことはないのだから」

地下のろうかはまっ暗で、じめじめとした空気のために、まるで息がつまりそうであ

る。

小夜子はしっかり、金田一耕助のたもとにつかまり、まっ暗がりのなかを、しのび足ですすんでいった。心臓がガンガン鳴って、全身からは玉のような汗が流れだす。

こんなところをもし悪者につかまったら、どんなひどい目にあわされるか、わかったものではない。それを思うと小夜子はひざがガクガクして、このまっ暗なろうかが、とても長いものに思えてならなかった。

しかし、さしもの長い地下のろうかも、やっといきどまりになった。金田一耕助がガタンとなにかにつまずいた。

「あ、やっと階段へたどりつきました。この階段はとてもきゅうだから、小夜子さん、きみから先にあがりなさい。ぼくがあとからついていってあげる。気をつけて……」

なるほど、その階段は急傾斜のうえにあたりはまっ暗がり。小夜子ははうようにして、その階段をのぼっていった。

あとから金田一耕助、はかまのももだちをとって、これまたはうようにしてのぼっていくのだ。

階段はずいぶん高かったが、それでも間もなく出口に近くなったとみえて、小夜子は暗《くら》がりのなかで、ゴツンとなにかに頭をぶっつけた。

「あ、それがあげぶたです。上へ押してごらん、あくはずだから」

あげぶたはなんなくひらいて、サッと冷たい風が膚にふれた。小夜子は階段から上へはいあがったが、そのとたん、なにやらまっ黒なカーテンが、目のまえにたれさがり、ムッと息づまるような感じがして、小夜子は思わず、強く床をけった。

「ど、どうしたの、小夜子さん。ころんだのかい、だから気をつけろといったのに……

……！」

金田一耕助は急いで階段からはいあがったが、そのとたん、これまたまっ黒なものですっぽりからだを包まれて、

「しまった！」

と、叫んだときには、強い力につきとばされて、床の上にひっくりかえっていた。

「それ、チビ、早く足のほうをしばってしまえ」

そういう声はしょうきひげだ。

「あっはっは、袋のなかのネズミというが、まったくこのことだな。袋をさかさにして待っているとも知らず、ふたりとも自分からそのなかへ首をつっこみおった。やい、このもじゃもじゃ頭！」

しょうきひげは袋の上から、金田一耕助を足げにすると、

「さっき隣のへやからのぞいていたきさまの顔がテーブルの上の、水びんにうつっていたのを知らなかったとは、きさまもうかつなやつだ。おい、チビ、小夜子のほうもだいじょうぶだろうな」

「だいじょうぶです。袋の口はきつくしばっておきました」

「よし、それじゃ、さっき、おれのいいつけたとおりにしろ」

「がってんです」

その夜おそくのことだった。

月も星もない、まっ暗な神戸港の沖合はるか、一そうのモーター・ボートがきてとまったかと思うと、そのなかから、おもしをつけた二つの大きな麻袋が、つぎつぎと海のなかへ投げこまれていった。麻袋がブクブクと、海底ふかく沈んでゆくのを見さだめて、

「うっふっふ、袋のなかになにがはいっているか、おしゃかさまでもご存じあるめえ」

そうつぶやいて、にったりと、気味の悪いえみをもらしたのはあの小男である。小男はモーター・ボートをあやつって、またたくうちに、深夜の海上に姿を消し去ってしまった。

大先生のうわさ

袋づめにされて、海底ふかく沈められた金田一耕助と少女小夜子は、そののちどうなったであろうか。しかし、ここではそのことは、しばらく、おあずけにしておいて、野々村邦雄少年の、その後のなりゆきから、話をすすめてゆくことにしよう。

邦雄をのせた新幹線のひかり号は、間もなく、横浜をすぎ、東京駅へ近づいた。

しかし、黒衣の女に眠り薬を飲まされたうえ、義足の男に注射された邦雄は、まだこ

んこんと眠っている。そして、その隣とまえの席には、義足の男とやぶにらみが、見張りをするようにすわっているのだ。

「おい、恩田《おんだ》」

と、義足の男は、あたりをはばかるような声で、やぶにらみに呼びかけると、

「それにしても、さっきのボストン・バッグにはいっていたのは、たしかに黄金の燭台じゃなかったというんだな」

「へえ、ボス、まちがいありません。あっしゃこっそり調べたんです。そしたら、黄金の燭台とは、似ても似つかぬ鉄亜鈴。おまけに、さっきもいったとおり、変なはり紙をしてやがるんです」

「うっふっふ。小僧っこのくせに、あじなまねしやがる。それじゃ、いまごろおひげの先生、かんかんになっているだろう」

「そのおひげの先生というのは、いったい、何者なんです？」

それをきくと義足の男は、キラリと目を光らせて、

「だれでもいいさ。そんなこときくもんじゃねえ。それより、この小僧だが、あの燭台をどうしやがったろう」

「それですよ。ボス、ここまで追いこんでおきながら、あの燭台が手にはいらなかったら、うちの大先生、どんなにかんしゃくおこすか知れたもんじゃありませんぜ」

「シッ」

義足の男は鋭い声で、相手を押さえると、

「めったなことをいうもんじゃねえ。あのひとはな、悪魔のように、なにもかも見とおしなんだ。うっかりかげぐちなどきくと、つつぬけに知れてしまう。大先生のことは、かりそめにも口にだしちゃならねえ」

義足の男はそういって、いかにも恐ろしそうに、あたりを見回し、肩をすぼめてからだをふるわせた。

それにしても、大先生とは何者なのだろうか。

やぶにらみの男から、ボスと呼ばれる義足の男が、これほどまでにおじけ恐れる大先生とは、よほど恐ろしい人物にちがいないが、それはいったいどういう人間なのだろうか。

そのうち、列車が東京駅へ近づくにつれて、義足の男とやぶにらみは、しだいにそわそわしはじめた。

「おい、恩田、いいかい？」

「へえ、だいじょうぶです。これこれ、坊や、起きなさい。しようがねえな。いかに列車に弱いからって、こんなにまいっちまっちゃ……これこれ、坊や、起きるんですよ」

近所の席のひとが、

「坊っちゃん、どうかしたんですか？」

「いえね。旅先で病気をして、からだが弱っているのを、学校がそろそろはじまるもんですから、むりに東京へ連れて帰ろうとしたところが、このとおり、すっかりまいっちまいまして……倉田さん、すみませんが、東京駅へ着いたら肩をかしてください。左右からかついでいきますから」

「ほんとにかわいそうに、よくよく、まいったと見えますね」

義足の男は、わざとらしいていねいな口のききかたをした。

こうして、列車が東京駅へ着くと、邦雄は義足の男とやぶにらみに、左右からかつがれるようにして列車をおろされ、やがて、駅のまえに待っていた自動車にのせられると、いずこともなく、連れ去られてしまったのだった。

燭台の秘密

さて、きみたち、この野々村邦雄少年の冒険談をつづけて読むまえに、両方の手のひらを目のまえにひろげてみてくれたまえ。

きみたちは十本の指の先に、細いうずのような指紋がついているのに気がつくだろう。この指紋は、生まれたときから死ぬときまで、けっしてかわることはない。また世界じゅうに何億、何十億というひとがいても、おなじ指紋を持つひとはぜったいにいないのだ。なんとふしぎな話ではないか。

さて、この物語が、指紋に関係があることは、きみたちもわかったことと思う。

邦雄が下津田の海岸で、あの青年からあずかった黄金の燭台には、指紋が焼きつけられていたね。その指紋は鉄仮面の少女のものだった。鉄仮面の少女はその指紋によって、自分が玉虫元侯爵の孫娘であることを、証明しようとしているのだ。

では、どうしてそんなところに指紋がついているのか。また、玉虫元侯爵とはどういうひとか。……ここではそのことから、話をつづけていくことにしよう。

明治神宮の外苑《がいえん》からほど遠からぬ原宿に、御殿《ごてん》のような大邸宅《だいていたく》がある。それが元侯爵、玉虫安麿《やすまろ》老人の住む家だった。

玉虫元侯爵は気のどくなひとである。

ことし七十三歳になるのだが、猛人《たけんど》というおいのほかには、血つづきになるひとがひとりもいない。しかし、安麿老人とて、もとからひとりぼっちというわけではなかった。秀麿《ひでまろ》といって生きていれば、ことし三十八歳になる、りっぱなあとつぎがあったのだから。

ところがこの秀麿というひとは、彫刻家になるのが志望で、いまから十一年まえに、おくさんや三つになったばかりのお嬢さんの小夜子を連れて、イタリアへ勉強にでかけた。

玉虫侯爵にとっては、小夜子はたったひとりのかわいい孫である。だから小夜子がイタリアへいってしまうと、さびしくてしかたがない。

そこで毎日のように、小夜子のことをたずねて手紙を書いた。秀麿氏もおとうさんの心をさっして、しじゅう小夜子のことを知らせてよこした。

ところが秀麿氏がイタリアへいってから、半年ほどのちのことだった。ある日、玉虫元侯爵のもとへりっぱな黄金の燭台がとどいたが、それにはつぎのような、秀麿氏の手紙がついていたのである。


おとうさん、お元気ですか。わたしも元気で暮らしていますからご安心ください。さて、お送りした燭台は勉強のために、わたしがローマの有名な、皇帝オクタビヤヌスの愛用していた燭台をお手本として作ったものですが、この燭台を作っているとき、たいへんおもしろいことが起こりました。わたしはまず、皇帝の燭台を手本として石膏《せっこう》で原型を作りました。ところがその石膏がまだかわかないうちに、小夜子がはいってきて、燭台の火皿にさわったのです。

おとうさん。

そこで、どんなことが起こったとお思いですか。石膏の火皿にかわいい小夜子の指紋がついたのですよ。わたしはあわててその指紋を消そうとしました。しかし、思いなおして、そのままそれを鋳型として黄金の燭台を作りました。そこでかわいい小夜子の指紋のついた、黄金の燭台ができあがったわけです。それからそのあとで指紋を消して、こんどは指紋のない燭台を、もう一つ作りました。

おとうさん。あなたのところへお送りしたのは、指紋のないほうの燭台ですが、こちらには、それと寸分ちがわぬおそろいの燭台があります。そして、それにはかわいい小夜子の指紋がついているのです。

おとうさん。いつかわたしたちが日本へ帰るときには、指紋のついた燭台もいっしょに持って帰ります。おとうさんはこれをごらんになると、小夜子のかわいいおいたを、どんなにお喜びになるでしょう。

玉虫元侯爵はその手紙を読むと、黄金の燭台をそばに置いて、毎日のようにながめながら、それとそっくりおなじ形の、かわいい指紋のついた燭台が、指紋の主の孫といっしょに帰ってくる日を、指おりかぞえて待っていたのだった。

だからしばらくぶりに、秀麿氏から帰国するという手紙がきたときには、どんなに喜んだかわからない。

しかし、その喜びもつかの間、秀麿氏は勉強のむりがたたって、病気になり、五年という長いあいだ寝ていたが、とうとう去年亡くなってしまった。それにつづいておかあさんまで、長いかいほうのつかれと悲しみのために、ことしのはじめに亡くなった。そこで小夜子は亡くなったおとうさんの友だちの海野清彦という青年に連れられて、日本へ帰ってくることになったのである。

このたよりをうけとって、玉虫元侯爵はどんなになげき悲しんだことだろう。しかしまた思いなおして、孫が元気で帰ってくるのだからと、その日のくるのを、一日千秋《いちじつせんしゅう》の思いで待っていた。

やがて小夜子と海野清彦をのせた船が、九州の博多《はかた》へ着く日がきた。それは六月のおわりのことだったが、安麿《やすまろ》老人はその船をどんなに迎えにいきたがったことだろう。しかし、なにぶんにも年よりのこととて、迎えにゆくことができない。そこで、おいの猛人に、かわりにいってもらったのだが、猛人は、四、五日すると、たったひとりで帰ってきた。そして、かれのいうところによると、小夜子も海野青年も、船が博多へ入港するすぐまえに、ゆくえ不明になったというのである。きっとやみ夜にあやまって、海へ落ちて死んだのだろう、ということなのだ。

それが六月のおわりのことだったが、かさねがさねの不幸に、玉虫元侯爵はそれ以来病気になって、二月あまりもたった九月はじめの今日にいたるまで、病《やまい》の床にふせっているというありさまだった。

私立探偵蛭峰《ひるみね》氏

さて、金田一耕助と鉄仮面の少女が、海底ふかく沈められてから、三日目のことだった。

原宿の玉虫元侯爵の家へ、ひょっこりたずねてきたひとりの男がある。

そのひとの年は四十歳くらい。しゃれた洋服に片めがねをかけた、いかにもまじめくさった顔をした人物だった。取り次ぎにでたお手伝いさんが名刺を見ると、「私立探偵、蛭峰捨三《ひるみねすてぞう》」と印刷してあるのだ。

蛭峰とはいかにも気味悪い名まえだが、お手伝いさんはかくべつおどろいた色もなく、

「ああ、あなたが蛭峰探偵ですか。ご前《ぜん》さまがお待ちかねです。さあ、どうぞ」

と、通されたのは、洋風の寝室で、ベッドの上には安麿老人が寝ていた。そして枕もとのテーブルには、安麿老人がかたときもそばをはなさぬ黄金の燭台がかざってあった。

蛭峰探偵はギョロリとそれを横目で見たが、すぐにさりげない顔色になって、

「はじめてお目にかかります。わたしが蛭峰探偵です。たびたびお手紙をいただきましたが、あいにく旅行をしていたものですから……。ご用件はだいたいお手紙でわかりましたが、お孫さんのゆくえをさがすこととか……」

「そうです。これを見てください」

と、安麿老人が取りだしたのは一通の手紙で、それにはこんなことが書いてあった。

　玉虫安麿さま

　わたしはあなたのお孫さんの小夜子さんをお守りして、イタリアから帰ってきた海野清彦という者ですが、博多へ上陸する直前に、恐ろしいできごとから、小夜子さんを見失ったことをふかくおわび申しあげます。

　わたしは奇跡的に命が助かって、いま博多郊外《こうがい》の漁師のうちにやっかいになってい

ますが、さいわい小夜子さんの身分をしょうめいする、黄金の燭台だけは、手もとに残りましたので、近く日月丸にのって上京するつもりでおります。

なお、その後博多で調べましたところ、小夜子さんは死んではおりません。悪者のためにゆうかいされて、どこかに押しこめられているらしいのです。そこで東京にいる友人に頼んで、げんじゅうにさがしてもらうよう、手くばりをいたしました。いずれお目にかかって、おわび申しあげますが、右一筆したためました。

海野清彦

日付を見ると八月二十日、下津田沖で日月丸が難破する、五日まえのことである。

安麿老人はベッドから半身を起こして、

「蛭峰さん、この手紙を読んでわたしがどんなに喜んだか、おわかりでしょう。わたしはとても海野くんが上京するまで待ちきれませんでした。

そこでおいの猛人を、またすぐ博多へさしむけたのですが、猛人のやつはなにをしているのか、それきり音沙汰がありません。そこへもってきて、新聞を見ると、日月丸が難破したということです。ひょっとすると海野青年は、また遭難したのではあるまいかと思うと、もう心配でたまりません。そこであなたにお願いしようと、手紙をさしあげたのだが……」

蛭峰探偵は、しかつめらしくうなずいて、

「なるほど、するとわたしの役目というのは、お孫さんをさがすこと。海野さんが無事かどうかをたしかめること。その二つですね」

「いや、それからもう一つ、指紋のついた燭台を、さがしてもらいたいのです」

「なるほど、あなたは小夜子さんに、長いことお会いにならないのですね」

「そうです。三つのときに会ったきりですから、いま会ってもわからないでしょう。だから、指紋のついた燭台だけが、小夜子の身もとをしょうめいするのです」

　蛭峰探偵はそれをきくと、なぜかニヤリと笑ったが、すぐその笑いをひっこめると、

「その燭台というのは、ここにあるこれと、そっくりおなじ形なんですね」

「そうです。そうです。だから燭台がにせものかほんものかということは、この燭台とくらべてみればすぐわかるわけです」

「なるほど。ところであなたは、海野という青年に、お会いになったことがおありですか?」

「いや、一度も会ったことはありません。なんでも小夜子の父の秀麿が、イタリアへいってからできた友人らしいので……」

　それをきくと、蛭峰探偵は、またしてもニヤリと笑った。どうも気にくわない笑いだった。

　そもそもこの蛭峰探偵というのは、丸の内に事務所をかまえ、数年前からきゅうに有名になった私立探偵なのだが、むかしはなにをしていたのか、だれひとり知っている者

はいないのだ。なんとなく怪しい人物とはこのことである。

それはさておき蛭峰探偵は、それから半時間ほどして、玉虫老人の家からでてきたが、そのとき玉虫邸のへいの外には、ひとりの男がぼんやりもたれかかっていた。

ぼろぼろの洋服にぼろぼろのくつ、ぼろぼろの帽子の下からは、もじゃもじゃの髪がはみだし、顔には一面にぶしょうひげ。一見して浮浪者とわかる風体である。

浮浪者は蛭峰探偵の姿を見ると、ギョロリと目を光らせたが、そんなことは知らぬ蛭峰探偵は、カバンを小わきにかかえたまま、すたすたと原宿駅のほうへ歩いていった。それを見ると浮浪者も、なにくわぬ顔をして、ぶらぶらとあとからついていった。

蛭峰探偵は国電にのって原宿から渋谷へでると、そこでいったん電車をおり、駅の建物につづくターミナル・デパートへはいっていった。浮浪者もそのあとをつけていったことは、いうまでもない。

蛭峰探偵は三階までくると、きゅうにあたりを見回し、トイレへとびこむと、なかからガチャリと掛け金をかけてしまったから、びっくりしたのは浮浪者である。しかしそれでも浮浪者は、すぐそばにあるおもちゃ売り場をのぞくふりをしながら、その目はゆだんなく、トイレの入り口を見張っていた。

ところが蛭峰探偵がとびこんでから、五分ほどたつと、トイレの戸がひらいて、なかから男がでてきたが、それを見ると浮浪者は、おもわず大きく目を見はった。

それもそのはずだ。トイレからでてきたのは、蛭峰探偵とは似ても似つかぬ人物だった。毛皮のふちなし帽に皮のジャンパー、片目を黒い眼帯でおおった男、ああ、それこそはあの義足の男、倉田ではないか。

義足の倉田はすばやくあたりを見回すと、ステッキをついてゴトゴトと階段をおりていった。そのうしろ姿を見送って、浮浪者は急いでトイレのなかをのぞいてみたが、蛭峰探偵は影も形も見えなかったのである。

白木の箱

もう、うたがう余地はなかった。蛭峰探偵と義足の倉田はおなじ人間なのだった。してみるとあの義足は、たんなる見せかけにすぎないのだろうか。ただ、ふしぎなのはステッキだった。

蛭峰探偵はステッキを持っていなかったのに、義足の倉田はステッキをついている。ひょっとするとあのステッキは、のびちぢみが自由で、ちぢめればカバンのなかにでもはいるようなしかけになっているのではあるまいか。

そういえば義足の倉田は、さっき蛭峰探偵が持っていたのと、おなじカバンをさげていた。義足の男はそのカバンを、渋谷駅のロッカーにいれると、そこから電車にのってやってきたのは品川駅。浮浪者もそのあとをつけていったことはいうまでもない。

義足の男は品川駅で電車をおりると、海岸のほうへむかって、ぶらりぶらりと歩いていく。そして、間もなくやってきたのは海岸通り。

そのへんには工場だの倉庫だのが、ずらりと立ちならんでいるのだが、どこもかしこも、あき家どうぜんになっていると見えて、あたりは火の消えたようなさびしさである。

義足の男はそこまでくると、すばやくあたりを見回して、つとすりよったのは大きな工場の正門のまえ。門にむかってなにやら小声でささやくと、すぐかたわらのくぐり戸がひらいて、すいこまれるようになかへ消えてしまった。

と、そのあとから急ぎ足で近づいてきたのは浮浪者だった。二、三度かれは正門のまえを、ゆきつもどりつしたが、大きな門はぴったりしまっていて、とてもはいりこむすきはない。といって、合図のことばを知らないかれは、くぐり戸をあけさせることもできないのだ。

とほうにくれた面持ちで、浮浪者は門のまえを、ゆきつもどりつしていたが、そこへ大きな音をたてて、近づいてきたのは、一台のトラック。それを見ると浮浪者は、門のまえに積んである材木のかげへ、すばやく姿をかくした。

トラックは門のまえまでくると、ピタリととまった。そしてなかからとびおりた助手が、くぐり戸にむかってなにやらささやくと、すぐにくぐり戸がなかからひらいて、助手の姿はなかへすいこまれてしまった。

と、このときだった。材木のかげにかくれていた浮浪者が、すばやくトラックの下にはいりこむと、ヒルのようにぴったりと車台の裏がわに吸いついた。

やがて大きな正門が、先にはいった助手と、門衛の手によって左右にひらかれ、トラックは工場のなかへすべりこんでいった。むろん、そのトラックの車台の裏に、怪しい男が吸いついていようとは、だれひとり気がついた者はいない。

「おい、何号工場だ」

「七号」

「よし」

門のなかには大きな工場が、いくむねも、いくむねも立ちならんでいる。まるで廃墟《はいきょ》のようなしかしそこには機械の音もせず、また人影ひとつ見あたらない。まるで廃墟のようなさびしさである。トラックは間もなく、七号工場のまえにとまった。

「それじゃ気をつけろよ。なんだか、だいじなものがはいっているらしいから」

「よし。しかし、なんだか気味が悪いなあ。まるで寝棺《ねかん》みたいじゃないか」

「つまらないことをいわずに早くかつげ」

「おっと、よし」

トラックの上には寝棺のような、大きな白木の箱が積んであるのだ。運転手と助手はその箱をかつぎおろすと、そのまま、七号工場のなかへはいっていった。その足音が遠く消えるのをききすまして、浮浪者はトラックの下からはいだした。

さいわい、あたりには人影もなく、七号工場の戸もあけっぱなしになっている。浮浪者は、すばやくそのなかへもぐりこんだ。

大きな長方形の工場のなかは、がらんとしてうす暗く、機械もなければ、人影もなく、たったいまはいっていったトラックの運転手や、助手の姿さえ見えない。

浮浪者は、あっけにとられたような顔をして、ポカンと立っていたが、そのときどこからか、かすかな足音がひびいてきた。どうやらそれは地下からひびいてくるらしく、しかも、だんだん上へあがってくるのだ。

それに気づくと浮浪者は、ヘビのように足音もなく、ななめに工場をつっきって、いちばん暗いすみに、ぴたりと吸いついた。と、そのとたん、反対側のむこうのすみから、どたどたとはいだしてきたのは、いうまでもなく、トラックの運転手と助手だった。

「おい、早くいこうぜ。今夜は地下のクモの巣宮殿へ、大先生がおいでになるってよ。おら、もうあの大先生はこわくてしかたがねえ」

「おれもそうよ。姿はまだ一度もおがんだことはねえが、あの声をきくとな、ゾーッと骨のずいまで、こおりそうな気がするんだ」

「しっ、大先生のことはあまりいうまい。あのひとはどこにいても、なにもかもお見とおしだとよ。うっかり悪口をいってると、どんな刑罰をくらわされるかもしれねえ」

「うん、それはそうだが、しかし、あにき、いまの棺《かん》おけみたいな箱な、あれはいったいなにがはいってるんだろ。おれはなんだか、人間のような気がしてならねえんだが」

「おれもそんな気がしたが、しかし、まあ、あまり気にしねえことだ。おれたちは、命じられたことさえしてりゃあ、いいんだからなあ」

「それもそうだが、あの箱は神戸へいってる、音丸あにきから、大先生へのおくりものだといって送ってきたんだろ。大先生がいかに恐ろしい怪物とはいえ、人間のおくりものというのは、ちとどうも……」

「しっ、大先生、大先生とむやみにいうない。そんなことをきかれてみろ。首の骨をへし折られてしまうぜ」

「おっと、くわばら、くわばら」

運転手と助手のふたりは、逃げるように工場をでると、外からガラガラととびらをしめ、トラックにのって立ち去ってしまった。

そのあとで、そっと暗やみからはいだした浮浪者のひたいには、べっとりと冷たい汗がにじんでいた。いまきいたふたりの会話の怪しさ、ふしぎさが、はげしく胸をうったとみえ、浮浪者《ふろうしゃ》はしばらく、身動きさえもできぬようすだった。

ああ、地下のクモの巣宮殿、怪物のような大先生、小男の音丸あにき、人間のはいっているらしい白木の箱のおくりもの。……どの一つをとってみても、異様なぶきみさがこみあげてこずにはいられないではないか。

浮浪者ははげしく身ぶるいをすると、やがて大きく深呼吸をし、それから、いま運転手と助手のふたりが、はいだしてきた地下宮殿への入り口へと、もぐりこんでいった。

それにしても、この浮浪者はいったい何者なのだろうか。

すすり泣く声

この工場は以前は、さかんになにかを作っていたのにちがいない。コンクリートでかためた地下は二階になっているらしく、浮浪者のおりたったのはその一階だが、そこには長いろうかが、どこまでもつづいており、しかも、別なろうかが、無数にわかれていて、まるで迷路のようなのである。

なるほど、クモの巣宮殿とはよくいったものだった。ここにはまるでクモの巣のようなふくざつなろうかが、あるいはクロスし、あるいははなれ、さながら迷路のように走っている。そしてそれらのろうかには、縦横《じゅうおう》無数に、トロッコのレールがついていた。

この工場は近ごろ休んでいるのだから、したがってトロッコがつかわれることもなく、レールもさびついていなければならないはずである。

また、じっさい、大部分のレールは赤く、さびついていた。

ところがそのなかにただふたすじ、ピカピカ光るレールがある。それこそはいまもなお、たびたびトロッコが運転されているしょうこであり、つまり、悪者のゆききする通路を示しているのではないだろうか。

浮浪者がまず目をつけたのはそのレールだった。浮浪者はなにか心にうなずきながら、レール伝いに、長いろうかをすすんでいく。

地下とはいえ、採光《さいこう》のぐあいがよいので、それほど暗くはない。浮浪者はそれでも用心ぶかく、なるべく足音をたてないよう気をくばって歩いていった。

広い地下ろうかには人影もなく、物音一つきこえないのだ。

それはもう、なにもかもが死滅してしまった世界のようなしずけさで、なんともいいようのない気味悪さなのである。

浮浪者はいくどかろうかが、十文字にクロスしたところへであった。そのたびに浮浪者はレールを調べてすすんでいった。

こうして、ものの三百メートルも歩いただろうか。そのへんからろうかはだんだんせまくなり、天じょうも低く、採光も十分でないと見えて暗くなってきた。浮浪者は用心ぶかく歩いていったが、それでもなにかにつまずいて、ガタリと音をたてた。

それはたいして大きな音ではなかったが、それでもしずかなこの地下ろうかでは、爆弾が破裂したほど大きくひびいた。

浮浪者はハッとして、暗いろうかに身を寄せて、あたりのようすをうかがったが、きゅうにギョッとして目を光らせた。

どこからか、すすり泣くような声がきこえるのである。そして、それにまじってくどくどと、かきくどくような声もする。それはどうやら子どもの声のようだった。悪者の巣ともいうべきこのクモの巣宮殿で、子どものすすり泣く声……。

浮浪者はギョロリと目を光らせると、声のするほうへすすんでいったが、間もなくぶつかったのは、ろうかがTの字型になっているところだった。

そのろうかは幅もせまく、行きどまりになっているようだったが、すすり泣く声は、たしかにそこからきこえてくるではないか。

浮浪者はその袋ろうかへ、はいっていった。

このろうかには左右に三つずつへやがあるのだが、どのへやも、高いところに、小さなのぞき穴がついている。浮浪者が一つずつ、そののぞき穴をのぞいていくと、どのへやもがらんどうのあきべやだったが、さいごに右側のいちばん奥のへやをのぞいたとたん、かれはギョッとしたように息をのみこんだ。

へやのなかにはそまつなベッドが一つ。そのベッドにもたれて、少年が泣きくずれているのだ。それを見ると浮浪者は、急いであたりを見回してドアに手をかけた。

ドアにはむろんカギがかかっている。しかしそんなことで、しりごみするような浮浪者ではなかった。ポケットから太い、曲がった針金をとりだすと、なんの苦もなくドアをひらいた。かれはどろぼうのように、どこのドアでもあけることができるらしいのだ。

ドアがひらくと少年は、ベッドにしがみついて、いよいよはげしくすすり泣く。それからなにやらわけのわからぬことをつぶやいた。浮浪者はソッとそばへ近寄った。

「きみはいったいだれなの。どうしてこんなところで泣いているの？」

それは意外にやさしい声だったが、少年はそのことばも耳にはいらぬかのように、

「おじさん、おじさん、かんにんしてください。ぼくをここからだしてください。ぼく

はほんとになにも知らないのです。黄金の燭台など、見たことも、きいたこともないのです」

と、泣きつづけていたが、黄金の燭台という一言をきいたせつな、浮浪者ははじかれたように、少年の肩を抱きすくめた。

「きみはいったいだれなんだ。どうして黄金の燭台のことを知っているんだ。ぼくはけっして怪しい者じゃない。きょうは、こうして悪者のようすをさぐりにきたんだ。ぼくの名は金田一耕助というんだ」

「金田一耕助！」

その名をきいたとたん、こんどは少年のほうがはじかれたように顔をあげたが、いうまでもなくその少年こそは、義足の倉田とやぶにらみの恩田にゆうかいされた、野々村邦雄少年だったのである。

泣虫小僧

ああ、金田一耕助！　それにしても、神戸港の沖合で、小夜子とともに海底ふかく沈められた金田一耕助が、どうして、無事に助かったのだろうか。

それらのことはしばらくさておいて、野々村邦雄少年は金田一耕助の名まえをきくと、びっくりして顔を見なおしながら、

「おじさん、おじさん。おじさんはほんとうの金田一耕助というひとなの？」

そういう邦雄を金田一耕助は、ふしぎそうに見まもりながら、

「そうだよ、ぼくが金田一耕助だよ。きみはぼくの名まえを知っているの？」

「知っています。ぼくはあるひとから、金田一耕助というひとに、渡してくれと……」

といいかけて邦雄はハッとして、

「アッ、いけない、だれかきた！　おじさん、ベッドの下へかくれて……！」

金田一耕助があわててベッドの下へもぐりこむと、邦雄はまたベッドにひれふし、

「おじさん、おじさん、かんにんしてください。ぼくはなんにも知らないのです。ぼくは……ぼくは……黄金の燭台など……」

と、くどくどとかきくどきながら、めそめそすすり泣きをはじめた。

するとそのとき、のぞき穴の外へ、ヌッと男の顔があらわれた。やぶにらみの恩田である。

「なんだ、話し声がきこえると思ったら、泣虫小僧が泣いていたのか。おれはまた、怪しいやつがしのびこんだのかと思ってギョッとしたぜ」

どっちが怪しいやつか、わかったものではない。

邦雄はしかし、そんなことばも耳にはいらぬかのように、なおもめそめそとかきくどく。やぶにらみの恩田はせせら笑って、

「よしよし、いくらでも泣け。しかし、今夜という今夜は、おまえも、黄金の燭台のゆ

くえを白状しなければなるまいぜ。今夜は大先生のおでましで、じきじきお取り調べがあるんだからな」

　やぶにらみの恩田は、口笛を吹きながら立ち去っていった。

　その足音が、遠くかすかにきこえなくなるのを待って、ベッドの下からはいだした金田一耕助は汗びっしょり。かれは曲がった針金で、急いで内側から、ドアにカギをしめると、

「ああ、おどろいた、あいつがドアをあけやあしないかと、どんなにびくびくしたことか。ドアにカギがかかっていないことに気がついたら、ただではすまなかっただろうからね」

　ゆっくりと、足音をしのばせて、ひきかえしてきた。そして、ふしぎそうに邦雄の顔を見まもりながら、

「きみ、きみ、きみは泣いていたんじゃないの？」

　邦雄はけろりとして、

「ううん、ぼく、泣いたりしません」

「だって、さっきからめそめそと……」

「おじさん、あれ、みなウソですよ」

「ウソ……？」

「ええ、ぼく、あいつらがくると、いつもめそめそ泣いてるまねをしてやるんです。だ

からあいつら、ぼくをとても弱虫の泣虫小僧だと思ってるんです。そのほうがいじめられなくていいんです。さっきおじさんがきたときも、むこうでガタッという音がきこえたから、てっきりあいつらだと思って、大急ぎで泣きだしたんです。ぼく、ほんとうはそんなに弱虫の泣虫小僧じゃありません」

金田一耕助は感心して、思わず強く少年の手をにぎりしめた。

「えらい、きみはなかなか勇気があるんだね。それに機転もきくんだね。きみの名まえはなんというの。どうしてぼくを知っているんですか？」

そこで野々村邦雄は名まえを名のり、また海野青年から、黄金の燭台をあずかって以来のことを、くわしく語ってきかせた。

金田一耕助はあるいはおどろき、あるいは感心してきいていたが、やがて邦雄の話がおわるのを待って、

「それで、きみのあずかった黄金の燭台というのは、いまどこにあるの？」

「それはいえません」

「どうして？」

「だって、おじさんがほんとうに、金田一耕助というひとかどうかわかりませんもの」

それをきくと金田一耕助はまた感心して、

「えらい、邦雄くん、おそれいったよ。ああ、海野くんはよい人に、黄金の燭台をあずけたものだ。それじゃきくまい。だが、邦雄くん、ただ一言いってくれたまえ。黄金の

燭台は、どこよりも安全なところにあるのだろうね」

「おじさん、安心してください。黄金の燭台は、どこよりも安全なところにあります」

邦雄は、いかにも自信ありげにいったが、いったいぜんたい黄金の燭台はどこにあるのだろうか。

それはさておき、ふたりがなおもヒソヒソ話をしているときだった。とつぜん、地下宮殿のはるかかなたで、けたたましいベルの音がきこえた。邦雄は顔色をかえて、

「アッ、いよいよ大先生がやってきた！」

「邦雄くん、大先生とはいったいなんだ？」

「ぼくもよく知りません。ぼくははじめ、義足の倉田が首領だと思っていたんです。ところがそうじゃなくて、まだその上に大先生というやつがいるんですよ。そいつはとてもものすごいやつらしく、だれでも大先生のうわさをするときには、まるで悪魔にとりつかれたようにびくびくしています。おじさん、いってみましょう。大先生を見てやりましょう」

邦雄はベッドの下から、曲がった針金をとりだすと、たくみにドアをあけた。金田一耕助は目を丸くして、

「邦雄くん、きみはこのドアをあける方法を知っているのかい？」

「ええ、ぼくはときどきこうして、この地下のクモの巣宮殿を探検するんです」

「それでいて、どうして逃げださないんだね？」

「逃げたくないからです。ぼくは悪者たちの秘密を、徹底的に調べあげてやるつもりなんです」

ああ、なんという大胆さ。なんという抜け目のなさ。これでも泣虫小僧だろうか。

金田一耕助は感心のあまり、強く邦雄を抱きしめてやった。

ふたりが、ろうかへでると、もう日が暮れたと見えて、あたりはもうまっ暗だった。しかし邦雄はなれていると見えて、金田一耕助の手をひいて、かべ伝いにすすんでいく。

「おじさん、悪者たちのへやはみんな地下二階にあるんですが、会議室は地下一階にあります。大先生がきたからには、みんな会議室にあつまるにちがいありません。いってみましょう」

迷路のようなろうかをいくどか曲がると、やがてはるかつきあたりの方から、ほの暗い光がもれているのが見えた。

「おじさん、おじさん、あれが会議室です」

邦雄がささやいたときだった。暗いろうかをサッとすれちがっていった人影がある。

箱のなか

ふたりはアッと、かたわらのろうかのかべにしがみついた。それに気がついたのかつかなかったのか、その人影はふたりのそばを風のようにかけぬけると、またたくうちにろうかのやみにのみこまれてしまった。

金田一耕助と邦雄はぼうぜんとして、そのうしろ姿を見送っていたが、やがて邦雄が息をはずませ、

「おじさん、あいつはどうしたんでしょう。ぼくたちに気がつかなかったのでしょうか」

「いいや、そんなはずはない。あいつはぼくの肩にぶつかっていったんだよ」

「それだのに、どうして声をあげてさわがないんでしょう」

「ふむ、どうもおかしい。しかし、邦雄くん、こんなところでぐずぐずしている場合ではない。早くどこかへかくれよう」

「ええ、おじさん……」

ふたりはそのろうかを足音もなく走りぬけると、つきあたりの明かりのもれているへやへとびこんだ。

そこは畳五十枚はゆうにしけるような広いへやで、正面が舞台のようにいちだん高くなっており、その舞台の上には、うしろにまっ赤なビロードのカーテンをはりめぐらせて、王さまの玉座《ぎょくざ》のようないすがあるのだ。そして、その玉座のまえには、さっきかつぎこまれた白木の箱が置いてあり、舞台の下には三十ばかりのいすがならんでいた。

「おじさん、こちらへ……」

邦雄はそのいすのあいだをかけぬけると、舞台の上にとびあがり、玉座のうしろからいすの下へもぐりこんだ。金田一耕助もそれにならったことはいうまでもない。

と、そのとたん、ろうかのむこうからドヤドヤと、大ぜいの足音がきこえてきたかと思うと、話し声がしだいにこっちへ近づいてくる。

「じょうだんいっちゃいけない。この厳重なクモの巣宮殿へだれがしのびこめるものか！」

「だってたしかにこのろうかを、走っていく足音がきこえたんだ。そうだ、会議室から、こっちへ走ってくる足音だった」

「ばかも、やすみやすみいえ。かりにもそんなことが大先生のお耳にはいってみろ、どんなにおしかりをこうむるか知れたものじゃないぞ！」

大先生ということばがでると、話し声はピタリとやんでしまった。そのことばは、一味の者のあいだでも、よほど恐れられているらしい。

やがてドアがひらいて、入り乱れた足音が、会議室へはいってきた。そのなかのひとりがスイッチをひねったと見え、会議室にはパッと明るい電燈がついた。

金田一耕助と邦雄は、玉座の下で思わず身をちぢめたが、しかし、そんな心配はいらなかったのだ。なぜといって、明るくなったのは平土間のほうだけで、舞台の上はいぜんとしてほの暗かったからだ。

おそらくかれらの大先生という人物は、自分のほうから部下たちをよく見るが、部下たちからはなるべく見られぬように、気をくばっているのだろう。

やがて二十人あまりの荒くれ男たちは、それぞれ席についたが、だれひとり口をきく者はなかった。みんな緊張した顔色で、かたずをのんでひかえている。

邦雄がソッといすの下からのぞいて見ると、義足の倉田と、やぶにらみの恩田が、いちばんまえにひかえていた。一分――二分――だれひとり口をきく者はおろか、せき一つする者もいない。

と、ふいに舞台の左手のドアがひらくと、だれかがコツコツと足音をたててはいってきた。二十人あまりの荒くれ男が、さっと立って敬礼するところを見ると、これこそ大先生にちがいない。

金田一耕助と邦雄は、いすの下からそっと大先生の姿をのぞいてみたが、そのとたん、なんともいえぬ恐ろしさと気味悪さに、ゾッと鳥はだがたってきた。

大先生はシルクハットをかぶって、しゃれたマントを着ていた。マントの下にはフロック・コートを着て、手にはステッキを持っている。

こういうと、いかにもりっぱな紳士のように思えるが、実はそうではなかったのだ。まずふしぎなのはそのからだつきだった。腰も足も弓のように曲がって、しかもからだに比例して手の長いところが、ちょうどゴリラのようなかっこうなのである。

しかし、気味の悪いのはそのからだつきばかりではない。その顔だった。大先生は仮面をかぶっているのだ。そのお面は瀬戸物のようにつるつるとして、鼻もなければ口もない。つるつるしたタマゴがたのお面には、目が二つあいているだけだった。大先生は玉座につくと一同にむかって、

「こしかけてよろしい」

と、しずかに命令したが、その声をきいたとたん、金田一耕助も邦雄も、またゾッと、鳥はだのたつような気味悪さを感じないではいられなかった。それはまるで猛獣のうなり声のような、なんともいえぬみょうな声である。一同が席につくと、大先生は目のまえにある、白木の箱をゆびさして、

「神戸から音丸が送ってきた、おくりものというのはこの箱のことか？」

「ハッ、さようであります」

義足の倉田がしゃちほこばって答えた。倉田も大先生のまえにでるといくじがなく、さっきからびくびくしている。

「よし、あけてみい。はやく見たい」

大先生が、われがねのような声で命令した。

すぐさま義足の倉田と、やぶにらみの恩田が立って、つかつかと大きな箱のそばへ近寄ると、くぎ抜きで一本一本、ふたに打ちつけてあるくぎを抜きとった。そして、ふたをとってなかを見たが、とたんにアッと叫んでしりごみをした。

「なんじゃ、なんじゃ、なにをそのようにぐずぐずしている。早くなかのものをだして見せぬか！」

大先生がじだんだふんで、大声で叫ぶ。まるで怒り狂ったライオンのような声だった。

「ハッ！」

と答えて、倉田と恩田が左右から、箱のなかのものを抱き起こしたが、そのとたん、いすの下の金田一耕助は、思わず叫び声をあげそうになった。

ああ、それこそは神戸港の沖合で、金田一耕助とともに、海底ふかく沈められたはずの、鉄仮面の少女小夜子だったではないか。

生きているのか死んでいるのか、小夜子はまだ鉄仮面をはめられたまま、ぐったりとなっているのだ。

仮面の怪人

「なんじゃ、音丸のおくりものというのは、この娘のことか！」

瀬戸物のような仮面をかぶった怪人が、いすの上からまたわれがねのような大声で叫んだ。

「ハッ、さ、さようであります」

義足の倉田が、しゃちほこばって答えた。

「その娘は生きているのか死んでいるのか」

「…………」

「いったい、どちらなんだ？」

「ハッ、生きているようであります。からだにぬくもりがありますから」

それをきいて、いすの下にかくれている金田一耕助は、ホッと胸をなでおろした。生きてさえいてくれれば、またなんとか、救いだす方法もあろうというものである。

「ふうむ、それじゃ気を失っているのじゃな。むりもない。そんな箱につめられて、はるばる神戸から送られてきたのだからな。しかし、倉田、恩田！」

「は、はっ」

「音丸はなんだってこんな娘を、わしに送ってきおったのだ。また、なんだってその娘は、鉄仮面などかぶせられているのだ？」

「さあ、それは……まだわかりません。そのことはいずれ音丸あにきが帰ってきて、首領に直接、ご報告申しあげるそうです。しかし……」

「しかし……？　なんじゃ。思うところがあれば、なんでもえんりょなくいうてみい」

「ハッ、音丸あにきのことですから、万事に抜け目のあろうはずはございません。そのあにきがこうして直接、首領に送ってきたのですから、この娘にはきっとよういならぬ秘密があるにちがいありません」

「そうじゃろう、そうじゃろう」

仮面の怪物はゴリラのような手をこすりあわせて、ゴロゴロのどを鳴らしながら、

「おまえのいうとおりだ。音丸はあんなチビ助にはちがいないが、目から鼻へぬけるようなやつじゃ。きっとあいつはすばらしい秘密のカギを、にぎっているにちがいない。早く会って話をききたいものじゃが……倉田！」

「ハ、ハッ！」

「その仮面をとってみい。なにはともあれ、娘の顔を見たい。その仮面をはずしてみい」

「ハッ、おい、恩田、手伝ってくれ」

義足の倉田はやぶにらみの恩田に手伝わせて、小夜子の面をはずそうとしたが、この鉄仮面には錠がおりていて、合いカギがなくてはとてもはずれそうもない。

仮面の怪人はいらだって、

「なにをぐずぐずしている。早くしないか！」

と、じだんだをふむようにどなった。

その声をきくたびに、いすの下にかくれている金田一耕助や野々村邦雄はもちろん、舞台の下にならんでいる部下たちまでが、ぞおっと身ぶるいをするのである。

義足の倉田はあわてて、

「でも、首領、この鉄仮面は合いカギがなくてはとてもはずれません。むりにはずそうとすると、この娘は大けがをします」

「かまわん。顔の皮をひんむいてもよい。早くその鉄仮面をはずしてしまえ！」

ああ、なんという恐ろしいことばだろう。その無慈悲な命令をきいて、金田一耕助と邦雄は、背すじがさむくなるような恐怖とともに、いっぽう、全身の血がわきたつような怒りを感じないではいられなかった。

さすがの悪党、倉田も青くなって、

「でも、首領、このカギは音丸あにきが持っているのではないでしょうか。そして、あにきが帰ってくるまで、だれにもこの娘の顔を見せては、いけないのではありませんか」

「なに、音丸が……？」

それをきくと仮面の怪人のきげんも、やっといくらかおさまった。この怪物はどんなにたけり狂っているときでも、音丸という名をきくと、ふしぎにきげんがなおるらしいのだ。

「なるほど、ふむ、そうかもしれん。よしよし、それじゃ音丸が帰ってくるまで待とう。その娘はそこへ寝かせておけ！」

「ハッ」

義足の倉田とやぶにらみの恩田は、あわてて白木の箱をとりのけると、そのあとへ鉄仮面の少女小夜子を寝かせた。小夜子はいま、金田一耕助や邦雄の、すぐ鼻の先に横たわっているのだが、それでいて、いまのふたりには、どうすることもできないのだから、くやしい話である。

それはさておき、仮面の怪人はまたもや、義足の倉田のほうにむきなおり、

「これ、倉田、皇帝の燭台は手にはいったか？」

と、冷たい、針をふくんだいいかたをした。それをきくと、義足の倉田はふるえあがって、

「ハッ、そ、それはこのあいだもお手紙で申しあげたとおり、残念ながら……」

「手にいれそこなったというのだな。きさま、それですむと思っておるのか！」

「は、あの、でも、その燭台のありかを知っていると思われるふたりの人間を、いまこのクモの巣宮殿のなかに、とらえておきましたから……」

「だれじゃ。ふたりの人間というのは？」

「海野清彦という青年と、野々村邦雄という少年です」

なんということだ！　すると、海野青年も、いまこのクモの巣宮殿にとらえられているというのか。仮面の怪物はいくらか、きげんをなおして、

「よし、それじゃ連れてこい。すぐふたりをここへひっぱってこい！」

「ハッ！」

義足の倉田が合図をすると、すぐ四、五人の荒くれ男たちが、ばらばらと会議室をとびだしていったが、それを見るといすの下にかくれている、金田一耕助と邦雄は、思わず手に汗をにぎりしめた。

邦雄の姿が見えないとわかったら、いったい、どんなさわぎになることだろうか。

ドアの銃口

それはさておき、しばらくするとふたりの男が、左右から両腕をとって、ひきずるように、ひとりの青年を連れてきた。

見ると両手をまえでしばられて、まっさおになっている。だが、その青年こそは下津田の海岸で、邦雄に、皇帝の燭台をことづけ、義足の倉田のために、モーター・ボートにのせられて、いずこともなく連れ去られた、あの若い男なのだった。

それではやはり、このクモの巣宮殿にとじこめられていたのか。

義足の倉田はその青年を、部下からうけとると、仮面の怪人のまえにひきすえた。

「首領、こいつがイタリアから、皇帝の燭台を持ち帰った、海野清彦という男です。そしてこいつは下津田の海岸で、その燭台をひとりの少年にことづけたのです」

「ちがいます。ちがいます。それはちがいます」

海野青年はやっきとなって、

「ぼくはだれにも燭台を、ことづけた覚えはありません。あの燭台は船が難破したとき、海底ふかく沈んでしまったのです」

義足の男はせせら笑って、

「あっはっは！　しらを切ってもだめだ。その少年もちゃんとここに、つかまえてあるのだからな。いまに目のまえにつきつけてやる」

「えっ、そ、それじゃ、あの少年も……？」

海野青年の顔はサッとまっさおになった。

「そうだよ。かわいそうに。あの小僧はな、おまえから燭台をあずかったばかりに、ひどい苦しみをなめているのだ。それがかわいそうだと思ったら、早く、なにもかも正直にいってしまえ！」

「ああ！」

海野青年は鋭くうめいてよろめいた。おそらくあんなことを頼んだばっかりに、罪もない邦雄の身にまで恐ろしいわざわいをおよぼしたことを後悔しているのだろう。それを見ると邦雄は、いすの下から思わず叫び声をあげそうになった。

「いいのです、いいのです。ぼくはなんとも思っちゃいません。ぼくはゆかいでたまらないんです。それにぼくはこのとおり安全です」

しかし、邦雄は叫ばなかった。叫ぶわけにいかなかったのである。あたりには、どう、もうな面がまえをした荒くれ男が、いすの上から、いっぱい立っているのだから……。

そのときまた、仮面の怪人がものすごいうなり声をあげた。

「そんなことはどうでもいい。小僧はどうしたのだ。なぜ、早く小僧を連れてこないのだ！」

「ハッ！」

義足の倉田が青くなってふりかえったときだった。会議室の外から、あわただしい足音がきこえてきたかと思うと、まっさおになってとびこんできたのは、ひとりの手下の男だ。

「たいへんです。いままで、あのへやにかんきんしていた小僧の姿が見えません！」

「なに！　小僧の姿が見えないと？」

玉座から、すっくと立ちあがった怪人は、仮面の奥からものすごい目で、義足の倉田をにらみながら、

「倉田！　これはいったいなんのまねだ。きさま、まさかこのおれを、ペテンにかけようというのじゃあるまいな！」

その声は怒りにふるえ、骨をさすような残酷《ざんこく》なひびきをおびていた、義足の倉田はふるえあがって、

「首領！　そ、そんな、あなたをペテンにかけようなどと……おい、早く小僧をさがしてこないか」

「いいや、そんないいわけはききたくない！」

仮面の怪人は舞台の上でじだんだふんで、

「おまえはわしを、うらぎろうとしているのだ。このクモの巣宮殿はもとはおまえのものだった。おまえは一味の首領だった。そこへわしがのりこんできて、いやおうなしにおまえたちを部下にしてしまった。おまえはそれが不平なんだろう。だからおれをうらぎって、もとどおり自分が首領になろうとしているのだろう」

「ちがいます、ちがいます、首領、それは誤解です。わたしはあなたの忠実な部下です。おい、早く小僧を……！」

仮面の怪人からきめつけられて、義足の倉田は恐怖に顔をひきつらせて弁解した。ひたいにはびっしょりとあぶら汗がういている。

それにしても、義足の倉田に、このような恐怖をあたえる仮面の怪人とは、いったい、どのような恐ろしい人物なのだろうか。

それはさておき、義足の倉田にせきたてられて、荒くれ男たちはひとり残らず、会議室からとびだしていったが、そのときだった。

さっき仮面の怪人がはいってきた、舞台わきのドアが細目にひらくと、そこからそっとのぞいたのは、まぎれもなくピストルの銃口だったのである。

義足の倉田や海野青年は、いうまでもなく、なんでも見とおしのきくさすがの怪人も、それには気がつかなかった。ましてやいすの下にかくれている、金田一耕助や邦雄は、夢にもそんなこととは知らなかったが、ピストルはいま、しずかにねらいがさだめられている。

その銃口がねらっているのは、義足の倉田でも怪人でもなく、なんと、怪人の足もとに横たわっている、鉄仮面の少女小夜子だったではないか。

ドアから小夜子のところまで、五メートルとは、はなれていない。しかもピストルはいま、だれにさまたげられることもなく、ゆうゆうとねらいがさだめられているのだ。

五秒――十秒――ピストルはいまや、ぴたりと目標をとらえて制止した。と思うと、ごうぜんたる音が会議室のなかにとどろきわたり、つぎの瞬間、小夜子の唇《くちびる》から、けたたましい悲鳴がほとばしった。

怪物脱出

それからあとのことを、金田一耕助や邦雄は、あまりよく覚えてはいない。

ピストルの音がとどろきわたり、小夜子の悲鳴がきこえた瞬間、ふたりは思わずいすの下からとびだしてしまった。

これには仮面の怪人はもちろん、義足の倉田や海野青年も、目を丸くしておどろいたが、金田一耕助と邦雄は、そのほうには目もくれず、ドアのほうへはいよっていった。

さいわいドアのむこうにいる男は、ふたりのいることには気がつかないらしい。ドアのすき間からは、まだピストルがのぞいている。おそらく第二発目をねらっているのだろう。

それを見ると金田一耕助は、ヘビのようにするすると、ドアのそばへはいよると、ポケットからとりだしたピストルをさか手に持ち、上からハッシとばかりにピストルをたたきつけた。

「アッ!」

ドアのむこうで鋭い男の声がきこえたかと思うと、ポロリとピストルが床に落ちた。

邦雄はそれを見ると、サッとドアをひらいたが、その瞬間、ふたりの目にうつったのは、顔じゅうにしょうきさまのようなひげをはやした大男だった。

その男こそは、神戸の怪しげな洋館で、金田一耕助と鉄仮面の少女小夜子を袋づめにして、神戸港の沖ふかく、沈めてしまおうとしたあの男ではないか。

「アッ、き、きみは……！」

金田一耕助もおどろいたが、しょうきひげの大男も、海底ふかく沈められたはずの金田一耕助が、生きて目のまえに立っているので、びっくりして目を丸くしてしまった。

だが、つぎの瞬間、クルリときびすをかえして逃げだそうとした。

「待て！　逃げるとうつぞ！」

だが、そのときだった。耕助の背後のほうで、けたたましい叫び声がきこえたのだ。

海野青年の声だった。

「アッ、いすが沈む！　いすが沈む！」

その声に、ふとうしろをふりかえった金田一耕助は、思わず大きく目を見はった。

なんということだろう。さっきまで、金田一耕助や邦雄のかくれていたいすが、いまスルスルと床の下へ沈んでいくではないか。

しかも、そのいすの上には、仮面の怪人が、鉄仮面の少女小夜子を抱いたまま腰をおろしているのだ。

「しまった！」

金田一耕助と邦雄が、われを忘れてかけよったとき、いすをのっけた二メートル四方ばかりの床は、すでに舞台の下へのみこまれていて、やがて、別の床が下からパタンとはねあがってきた。

こうして、文章で書いてくると、たいへん長いあいだのようだが、じっさいは、これらのできごとは、ほとんど一瞬のあいだに起こったのである。

金田一耕助と邦雄は、ぼう然として、床を見つめていたが、やがて、ハッと気がついたときには、むろん、しょうきひげの大男も、義足の倉田も、すでに姿は見えなかった。

「しまった！　こんなしかけがあるとは気がつかなかった。こんなことと知っていたら、もっと長く、いすの下にかくれているんだった」

金田一耕助はじだんだふんでくやしがった。ふたりがいすの下にかくれていたら、怪人や少女小夜子とともに、床の下へのみこまれ、あわよくば、怪人をとらえることができたかもしれなかったのである。

しかし、金田一耕助がぼう然としているあいだに、邦雄はすばやく舞台からとびおりると、海野青年の両手をしばった縄をといた。

「おじさん、ぼくですよ。ほら、いつかおじさんが下津田の沖合で、船が難破したとき、あなたから黄金の燭台をあずかった……」

「ああ、き、きみか、それではきみは無事だったのか！」

海野青年はまるで夢でも見ているような目つきで、信じられないという面持ちである。

金田一耕助もやっとわれにかえって、舞台の上からとびおりると、

「海野くんですね」

「はあ、ぼく、海野ですが、あなたは……？」

「まだお目にかかったことはありませんが、いつかあなたからお手紙をいただいて、小夜子さんのゆくえをさがしている、金田一耕助です」

「ああ、あなたが金田一先生！」

海野青年の顔には、さっと喜びの色がもえあがった。ああ、こうして少女小夜子のためにはたらいている、金田一耕助と海野青年、それから野々村邦雄少年は、はじめて、ここにおちあったのだが、――そのときだった。この地下宮殿のはるかむこうで、とつぜん、わあっ、わっ、わっというときの声がおこったかと思うと、やがて、はげしくピストルをうちあう音がしたではないか。三人はギョッと顔を見合わせて、

「あっ、あれはなんだ！」

「ひょっとすると、同士打ちがはじまったのじゃありませんか」

「海野くん、邦雄くん、気をつけたまえ」

三人はひとかたまりになって、会議室から外へでたが、ピストルの音はますますはげしくなってくる。そして、それにまじって、ののしり、わめき、叫ぶ声や入り乱れた足音が、嵐のようにこだまして、地下のクモの巣宮殿は、ハチの巣をつついたようなさわぎになった。

三人は会議室をでると、まっ暗なろうかのかべに、ぴったりと背をつけて、じりじりとすすんでいく。

やがてろうかの曲がり角まできた。三人はそこでジッと耳をすましたが、さわぎはずっとむこうのほうで、近くにはひとの気配もない。

それに安心した金田一耕助は、そっとろうかの角を曲がったが、そのとたん、目のくらむような懐中電燈の光を、サッとまともからあびせられて、思わずアッと立ちすくんだ。

「あっはっは！　足音がすると思ったら、やっぱりここにいやあがった。しかし、こりゃざこだな」

「ざこでもいい、怪獣男爵のいどころをきいてみろ」

暗やみのなかで話しあうことばをきいて、金田一耕助は思わず息をはずませた。

「怪獣男爵ですって？　そういうあなたがたはだれです。もしや警察のひとたちじゃありませんか。もし、そうだったら、ぼくはけっして怪しい者じゃありません。ぼくは……」

「なにをいやあがる、いまさらしらばくれてもだめだ。おい、怪獣男爵はどこだ」

懐中電燈を持った男が、金田一耕助の肩をこずいた。そのときだった。

「おい、ちょっと待て」

と、うしろからそれをとめた男が、しげしげと耕助の顔をながめていたが、

「ああ、あんたは金田一さんじゃありませんか」

と、叫んだ。

「ぼくですよ、警視庁の等々力《とどろき》警部ですよ」

そういいながら、みずから顔を照らしてみせた人物。それこそは金田一耕助がまえから親しくしていた、警視庁の等々力警部だったではないか。

「きょう警視庁へ、ここに怪獣男爵がかくれているという投書があったので、こうして襲撃したのだが、金田一さん、あんた、怪獣男爵を見ませんでしたか？」

「ああ、それじゃ、あれはやっぱり怪獣男爵だったのですか。怪獣男爵がまたあらわれたのですか」

金田一耕助はそれをきくと、暗やみのなかで、なぜかまっさおになったのだった。

それにしても怪獣男爵とはいったい何者か。そして、またその恐ろしい怪物に連れ去られた、少女小夜子はどうなったのだろうか。小夜子はあのしょうきひげの男のために、うち殺されてしまったのだろうか。

うらぎり

怪獣男爵の、もぐりこんだ床の下には、四本の鉄の柱が、垂直に立っていて、あの玉座のようないすをのせた床は、その柱を伝わって、まっ暗がりのなかを、下へすべりおりていく。

やがて床が自然ととまったのは、きっと地下室の床におちついたからだろう。

怪獣男爵はやおらいすから腰をうかして、暗がりのなかを手さぐりで、一本の柱をなでていたが、やがてカチッという音とともに、パッと電燈がついた。

見るとそれは、直径十五メートルばかりの、丸いつつのような形をしたへやで、床から天じょうまで約三十メートル。へやの中央には、いま怪獣男爵がすべりおりてきた、四本の鉄の柱が垂直に立っており、まわりのかべには、まるで縄でまいたようにグルグルと、らせんけいの階段が、床から天じょうまでつづいている。

つまり、上のへやからこの地下室へおりるには、いま怪獣男爵がしたように、あのいすのエレベーターを使うか、それとも、らせんけいの階段を伝って、まわりのかべをグルグルまわりながら、おりてくるか、この二つの道があるわけなのだ。

そしてその階段のふもとから、一メートルほどはなれたかべに、ドアが一つあったが、それはいま厳重にしまっている。

さて、明かりがつくと、怪獣男爵は、ひざの上に抱いている小夜子のからだを調べてみたが、ふしぎなことには、小夜子はどこにもけがをしているようすはなかった。そのかわり、顔にかぶせられた鉄仮面のほっぺたに、小さいくぼみができていた。

ああ、世のなかはなにがしあわせになるか知れたものではない。鉄仮面をかぶせられた小夜子は、このうえもなく不幸だったが、しかし、いまはその鉄仮面のおかげで命が助かったらしいのである。

おそらくしょうきひげの男がはなったたまは、鉄仮面に当たってはねかえったのだろう。

もし、小夜子が鉄仮面をかぶっていなかったら……いまごろは、とっくのむかしに死んでいたのにちがいなかった。

それはさておき、小夜子が生きていることをたしかめると、怪獣男爵はまんぞくそうな声をあげて、あたりを見まわした。そして、だれも見ている者のいないのを見さだめると、はじめてあの気味の悪いお面をとったが、そのお面の下からあらわれた顔の、なんという恐ろしさ！　それはゴリラそっくりだった。いや、ゴリラほど毛ぶかくもなく、またゴリラほど目がくぼんでもいなかったが、見た感じが、ゴリラにひじょうによく似ているのだ。

いって見れば、ゴリラと人間のあいのこみたいな怪物だったが、これが怪獣男爵の正体なのだった。

やがて、怪獣男爵は小夜子を抱いていすをおりると、チョコチョコ、ドアのほうへ走っていった。その歩きかたまでが、ゴリラにそっくりなのである。

と、このときだった。上のほうから遠くかすかに、ピストルをうちあう音や、ひとの叫び声がきこえてきたのは……それをきくと怪物は、ギョッとしたように耳をすましていたが、ピストルの音、ひとの叫びはますます大きくなるばかり。いったい何事が起こったのだろうか？

さすがの怪物も、不安そうに、そわそわしながら、ポケットからカギをとりだすと、ドアをひらこうとした。ところがどうだろう。錠はひらいたはずなのに、押せどもつけどもドアはびくともしないではないか。

それを見ると、怪物の顔にむらむらと、怒りの色がこみあげてきた。

怪物は、小夜子のからだを床に寝かせると、四、五メートルほど手まえから、ものすごい勢いで、ドアにからだをぶっつけた。しかしそれでもドアはびくともしない。どうやらむこう側から、がんじょうな掛け金がおりているらしいのだ。

「うおう！」

怪物は怒りにみちた叫び声をあげた。そして全身に力をこめると、やにわにもうぜんと二度三度、ドアにからだをぶっつけていったが、そのときだった。

だしぬけに、上のほうがさわがしくなったので、ギョッとしてふりあおぐと、あのらせん階段を伝って、どやどやと大ぜいの警官が、おりてくるのが目にはいった。

「ああ、いたいた、警部さん、怪獣男爵があそこにいる！」

そう叫んだのは、金田一耕助だ。

一行のなかには海野青年や、邦雄の姿もまじっている。しかも、その先頭に立っているのは、やぶにらみの恩田ではないか。

「うおう！」

怪獣男爵はふたたび、怒りにみちた叫び声をあげた。

男爵は、はじめてすべてをさとったらしかった。

警視庁へ手紙をだして、怪獣男爵のありかを教えたのも、また、ドアのむこう側からがんじょうな掛け金をおろして、男爵の退路をたったのも、すべて義足の倉田や、やぶにらみの恩田のしわざにちがいない。

怪獣男爵は怒りにたけり狂いながら、ドアにからだをぶっつけた。しかし、あいかわらずドアはびくともしない。

しかも、警官たちはらせん階段を伝って、グルグルへやのまわりをまわりながら、しだいに下へおりてくる。

怪獣男爵はふいに小夜子を抱きあげると、もとのいすにとびのった。そして、いすについたボタンを押すと、いすはふたたびスルスルと四本の柱を伝ってのぼっていった。

だが十メートルほどあがったところで、怪獣男爵はギョッとしていすをとめた。

天じょうのおとし戸がパクッとひらいたかと思うと、そこから五、六人の警官がいっせいにピストルをさしむけたではないか。さすがの怪物も、もう袋のなかのネズミもおなじだった。

「うおう！　うおう！」

途中でとまったいすの上で怪獣男爵は二度三度、怒りにみちた叫び声をあげるのだった。

波にうく死体

「怪獣男爵！」

らせん階段の途中から、おごそかに声をかけたのは、警視庁の等々力《とどろき》警部である。

「このクモの巣宮殿はいま、警官たちによって、とえはたえと、ほういされている。さあ、もうこうなったらしかたがあるまい。そのお嬢さんをこちらに渡し、おとなしく、降参するんだ！」

怪獣男爵はそれをきくと、バリバリ歯をかみならし、怒りに狂った目であたりを見回した。

しかし、もうどうすることもできない。かべをとりまくらせん階段の上には、十数人の警官がひしめきあって、四方八方からピストルをさしむけているし、いすのエレベーターであがろうにも、そこにも警官がひしめきあって、ピストルをむけているのだ。

「うおう！」

怪獣男爵は怒りにみちた声をあげた。

「男爵、もうどんなにもがいてもだめだ。早くエレベーターを下へおろしたまえ。そしておとなしく両手をあげるんだ！」

「うおう！」

怪獣男爵は絶望したような目であたりを見回した。あのドアさえひらいたら……怪獣男爵はいまいましそうに、上からそのドアを見おろしたが、そのとたん、ギョッとしたように息をのみこんだ。

ふしぎ、ふしぎ、さっきまで、どんなに押してもついてもあかなかったあのドアが、そのときかすかにひらいていくではないか。そして、ドアのむこうから、だれかが手まねきしたかと思うと、ドアはふたたび音もなく、むこうからソッとしめられてしまった。

怪獣男爵はドキドキしながら、あわててあたりを見回した。しかし、さいわいだれひとり、それに気づいた者はいないようすである。

「うおう！」

怪獣男爵はもう一度、ものすごい叫びをあげると、小夜子を抱いて立ちあがり、

「警部、しかたがない。今夜はわしの負けだ。おとなしくきみのいうことにしたがおう」

と、うやうやしく一礼したが、つぎの瞬間、小夜子を抱いた怪獣男爵のからだは、十メートルの高さから、ヒラリと床にとんでいた。

「アッ、逃げるか！」

警官たちがあわてて、ピストルをとりなおそうとするのを、

「アッ、うっちゃいけない、小夜子さんに当たるとまずい！」

声をからして叫んだのは金田一耕助だ。

なるほど、そういわれればうつこともできない。警官たちはいっせいに、あのらせん

階段をおりはじめたが、なにしろ、まえにもいったとおりその階段は、へやのまわりをグルグルまわっているのだから、そのまだるっこいことといったらないのだ。

それに気をいらだてたのは、うらぎり者の恩田だった。ここで怪獣男爵をとり逃がしたら、あとでどのような恐ろしい仕かえしをうけないものでもないと思ったのだろう。あと五メートルほどの高さまでくると、らせん階段から身をおどらせて、ヒラリと下へとびおりた。

と、そのときである。

小夜子を抱いたまま床にひれふしていた怪獣男爵が、つと身を起こすと、びっこをひきひきドアのほうへ走っていく。さすがの怪獣男爵も、十メートルの高さからとびおりて、足をくじいたらしいのだ。

それを見るや、やぶにらみの恩田が、

「怪獣男爵！　これでもくらえ！」

うしろからねらいをさだめてズドンと一発。だが、そのねらいがはずれたのが、恩田にとっては運のつきだった。

小夜子を捨てて、クルリとうしろをふりかえった怪獣男爵は、一目恩田の顔を見ると、

「うおう！」

と、ものすごい叫びをあげてとびついた。

「ワッ、た、助けて……！」

恩田は悲しそうな叫びをあげてもがいたが、しかし、ひとたび怪獣男爵につかまっては、ワシにつかまった子スズメもおなじこと。たちまちピストルはたたきおとされ、ずるずるとドアのほうへひかれていった。

「アッ、助けて……助けて……！」

これを見ておどろいたのは警官たちである。らせん階段をかけおりながら、いっせいにピストルをぶっぱなしたが、なにしろ、小夜子や恩田に当たってはならぬと思うので、うまくねらえるはずがない。

怪獣男爵は恩田のからだをたてにとりながら、びっこをひきひきドアのところまできたが、そのときサッとドアがむこうからひらいたかと思うと、なかからとびだしたのは小男の音丸だった。

「先生、早く早く……！」

と、叫びながら、そこに倒れている小夜子を抱きあげると、ドアのなかへとびこんだ。それにつづいて怪獣男爵も、恐怖におののく恩田のからだをひきずって、へやから外へとびだしたが、つぎの瞬間、バタンとドアがしまると、ガチャリと掛け金のおりる音。

「しまった！　しまった！　ちくしょう！　ちくしょう！」

やっとらせん階段をとびおりた、等々力警部や金田一耕助の一行が、もみあうようにして、ドアのところまでかけつけたのは、ちょうどその瞬間だった。

警官たちはそのドアをめちゃくちゃにたたいたり、足でけったりした。しかし、怪獣男爵の怪力をもってしても、ひらくことのできなかったそのドアが、そんななまやさしいことで、ひらくはずがない。

やっと上から持ってきたいろんな道具で、ドアをひらくことができたのは、それから十分もたってからのことだった。

ドアのむこうはトンネルのようなろうかになっている。それを伝って三百メートルほど歩いていくと、とつぜん一行は海のそばへでた。つまり、そのトンネルは海岸にきずかれた岸壁の途中に、口をひらいていたのである。

おそらく小男の音丸は、モーター・ボートでやってきて、あやういところで怪獣男爵を救いだしたのだろう。

むろん、もうそのモーター・ボートは、影も形も見えない。

一同は残念そうに沖をながめていたが、そのときだった。野々村邦雄が恐ろしそうな声をあげたのは……。

「アッ、あんなところにひとがういている！」

見れば、なるほど足もとから、三メートルほどはなれた海面に、だれかがプカプカういている。

警官たちはいっせいに、そのほうへ懐中電燈の光をさしむけたが、それがやぶにらみの恩田であったことは、いうまでもなかった。

やぶにらみの恩田は、むざんにも首根っこをおられて死んでいたのだった。

立ちぎく影

さて、翌日になると東京じゅうはたいへんなさわぎになった。

どの新聞も、どの新聞も、「怪獣男爵、ふたたび東京にあらわる」と、いう記事で、紙面をうずめつくしているのだが、それを読んで、青くなってふるえあがらないひとはいなかったのだった。

怪獣男爵とは、そんなに恐ろしい怪物なのだろうか。

そうなのだ。もしきみたちのうちに「怪獣男爵」や「大迷宮《だいめいきゅう》」をお読みになったひとがあったら、そいつがいかに恐ろしい怪物であるかということが、おわかりのはずだと思う。

しかし、それを読んでいないひとのためには、すこし説明がいるが、それはもうしばらくあとのことにしよう。

その翌日、警視庁の警視総監のへやでは、ものものしい会議がひらかれていた。

いうまでもなく、それは怪獣男爵をつかまえるための会議なのだが、しめきったへやのなかで、ひたいをあつめて相談しているのは、警視総監をはじめとして、等々力警部ほか五、六人の幹部たち、それから、金田一耕助と海野青年もまじっていた。

「さて……」

と、警視総監はおもむろに一座を見回し、

「こうして怪獣男爵の出現が、事実とすれば、われわれはあらゆる手段をつくして、あいつをつかまえねばならんが、そのまえに金田一さん、あなたはどうしてこの事件に関係してきたのですか。どうしてゆうべ、あのクモの巣宮殿にいらしたのですか？」

「ああ、そのことですか」

金田一耕助はにこにこしながら、スズメの巣のようなもじゃもじゃ頭をかきまわした。金田一耕助はもう浮浪者の服はぬいで、いつものように和服にはかまをはいている。

「そのことなら、ここにいる海野くんにきいたほうがよいでしょう。海野くん、あなたからみなさんに話をしてあげてください」

そこで海野青年は、皇帝の燭台から小夜子のこと、それから義足の男のことから、野々村邦雄少年に燭台をことづけたことまで、残らず語ってきかせた。

それにつづいて金田一耕助も、自分の冒険談を語った。

「ぼくは海野くんから依頼をうけたものですから、玉虫家のようすをさぐっていたのです。

ところがここにひとり、いささか怪しい人物を発見しました……その人物の名まえをいうことは、いまのところはさしひかえますが、とにかく悪党仲間では、しょうきひげの先生という、あだ名で知られている男です。で、そいつの行動をさぐっているうちに、神戸の怪しげな洋館が、かれら一味の関西における根城になっていることがわかったのです。

そこで、その洋館へしのびこんだところが、小夜子さんが鉄仮面をかぶせられてとらわれていることがわかった。

そこで、それを救いだそうとしたところが、逆にこちらが袋づめにされて、神戸港の沖合《おきあい》で、海底ふかく沈められてしまったというわけです」

「袋づめにされて……海底ふかく……？」

一同は思わずギョッと目を見はった。金田一耕助はにこにこして、

「いや、なにもそうびっくりなさることはありませんよ。こうして、まあ、無事に助かっているんですからな。さいわい、ぼくは懐中にナイフを持っていたので、袋を切り破り、のがれることができたんですが、ただ心配だったのは小夜子さんのことです。

小夜子さんもぼくといっしょに、袋づめにされて海へ投げこまれたんですが、ぼくにもそれを救う方法はなかった。だから、小夜子さんはてっきり、海中で死んでしまったものとばかり信じて、いままで心配していたんですが、その小夜子さんの姿を、きのう眼前に見たときのぼくのおどろき、また、喜びをおさっしください。

たとえ、いまは怪獣男爵のためにとらわれの身となっていても、生きていれば、またなんとかして、救いだす方法があるでしょうからね」

「しかし、小夜子さんはどうして助かったんでしょう。袋づめにされて、海へ投げこまれたものが……」

警視総監がまゆをひそめた。

「そのことですがね。これはぼくの想像ですが、あのとき袋づめにされ、ぼくといっしょに海のなかへ投げこまれたのは、小夜子さんではなく、人形かなんかだったんですね。

　われわれを海へ投げこんだのはあの小男でしたが、そいつはそうして、しょうきひげの先生をあざむき、ひそかに小夜子さんを助けておいて、これを怪獣男爵におくりものとして送ってきたらしいのです。それをまた、しょうきひげがかぎつけて、あの地下宮殿へしのびこみ、小夜子さんを殺そうとしたんですね」

　金田一耕助の話をきいて、目を見はらぬ者はなかった。警視総監もホッとため息をついて、

「いや、聞いてみると、じつにややこしい事件だが、すると、なんですね。その小夜子という少女は、いま鉄仮面をかぶせられたまま、怪獣男爵のとりこになっているんですね」

「そうです、そうです。あいつは小夜子さんをたねにして、なにかまた悪事をはたらこうとしているのにちがいありません」

「その小夜子という少女が、玉虫元侯爵と祖父と孫の名のりをするには、どうしても黄金の燭台が必要なのですね」

「そうです。小夜子さんは三つのときに、おじいさんと別れたきりですから、どちらも顔を覚えていないのです。だからにせ者だといわれてもしかたがないのです」

と、海野青年が答えた。

「なるほど、ところでその燭台のゆくえというのは、いまのところ、野々村邦雄という少年よりほかに、知っている者はいないのですね」

「そうです。そうです」

と、金田一耕助。

「だから、われわれはいま邦雄くんがやってくるのを待っているのです。きょう、ここへくるはずになっているのですが……」

と、そういう耕助のことばもおわらぬうちに、かるくノックする音がきこえて、やがてドアをひらいたのは、まっ黒な洋服をきた若い女だった。かの女は杉浦路子《すぎうらみちこ》といって、警視総監の女秘書なのだ。

「あの、先生、野々村邦雄さんというかたが、お見えになっていますが……」

「ああ、そう、すぐここへ通してください」

「はい」

女秘書がひっこむと、いれちがいにはいってきたのは野々村邦雄だった。久しぶりに家へ帰ってよく寝たので、すっかり元気になってにこにこしている。

「やあ、邦雄くん、待っていたよ。いま話をしていたのだが、黄金の燭台はどこにあるのだ」

邦雄はにこにこして、

「ああ、あの燭台ならここにありますよ」

「ど、どこに……？」

「このへやの、あの金庫のなかです」

「な、な、なんだって！」

警視総監はじめ一同は、びっくりしてとびあがった。邦雄はにこにこしながら、

「警視総監のおじさん、いまから十日ほどまえに、岡山から四角な小包と手紙がきたでしょう。そして、その手紙には、この小包をしばらくあけないで、おあずかりしておいてくださいと書いてあったでしょう」

「な、な、なんだって、そ、そ、それじゃ、あの小包が……！」

「そうなんです。義足の男が見張っているといけないと思ったので、ぼくはこっそりひとに頼んで、岡山から送ってもらったんです。ここにあればいちばん安全だと思って……だけど、うまくとどいたかしらと心配だったので、いまそこで女秘書のひとにきいたら、総監のおじさんの金庫のなかに、たしかにそういう小包があるといってました。総監のおじさんどうもありがとう」

邦雄はぺこりと頭をさげた。一同は目を丸くしてその顔を見ていたが、やがて警視総監があわてて、金庫をひらくと、なかからとりだしたのは小包である。

総監がふるえる指で、その小包をとくと、はたして、なかからでてきたのは、なんと金色さんぜんたる黄金の燭台ではないか。

しかも、その火皿にはまぎれもなく、小さい指紋が焼きつけられているのだった。

一同はいまさらのように、邦雄の手がらをほめそやしたが、しかし、かれらはあまりそのことにむちゅうになっていたので、そういう話をドアの外から、立ちぎきしている者があろうとは、夢にも気がつかなかったのだった。

立ちぎく影――それは警視総監の女秘書、杉浦路子だったではないか。

怪獣男爵の正体

もし金田一耕助や野々村邦雄が、もっと注意ぶかく、この女の顔を見ていたら、どんなにびっくりしたことかわからない。

この女秘書こそは、しょうきひげのあいぼう、カオルという黒衣の女だったからなのだ。

それはさておき、警視総監のへやのなかでは、かの女の立ちぎきに気づく者はなく、一同はしきりに邦雄の機転をほめたあげく、

「警視総監どの、それではこの燭台は、いましばらく金庫のなかに、保管願いたいと思います。ここにあればいちばん安全ですからね」

金田一耕助のことばによって、黄金の燭台はふたたび金庫のなかにしまいこまれた。

こうして燭台のほうは無事にかたづいたが、このうえはいっときも早く、小夜子を救い

ださねばならない。

しかし小夜子を救いだすためには、怪獣男爵のありかからつきとめてかからねばならないのだ。

「金田一先生、ところで、怪獣男爵というのは、いったい何者ですか?」

怪獣男爵の名がでると、邦雄は興奮におもてをかがやかせながらたずねた。

それをきくと一同は、たがいに顔を見合わせていたが、やがて金田一耕助が、むずかしい顔をして、

「邦雄くん、きみはまだ小さいから、知らないのもむりはない。あいつは恐ろしいやつだ。人間の……それも世界的大学者といわれた人物の頭脳と、ゴリラの腕力とすばしっこさを持った、世にも恐るべき怪物なんだ」

金田一耕助が、身ぶるいしながら物語ったのは、つぎのような恐ろしい話だった。

「怪獣男爵はもと古柳男爵といって、世界的に有名な大生理学者でした。

生理学というのは、人間のからだのいろんなぶぶんのはたらきを調べる学問ですが、古柳男爵は脳の生理学では世界でも一流の学者でした。

古柳男爵は脳を人間のからだから、きりはなして、生かしておく方法を発明しました。それからその脳を、ほかの人間の脳といれかえる手術に成功したのです。

みなさん、これがどういうことを意味するかわかりますか。

ここにひじょうにすぐれた、天才的な脳を持っているひとがいるとしますね。しかし、

そのひとは年をとり、からだも弱く、ほっておけばまもなく、死んでしまうでしょう。そのひとが死ねば、人類の宝ともいうべき、そのひとの脳も死んでしまうのです。

ところが、いっぽう、ここに年も若く、ひとなみにすぐれてつよいからだを持ちながら、ばかか気ちがいという人間がいるとします。そのばかか気ちがいの脳をとってしまって、そのあとへ、大天才の脳をうえつけたとしたらどうでしょう。

大天才は年も若く、ひとなみすぐれたからだの持ち主として、生まれかわることができるわけではありませんか。古柳男爵はこういう研究に、成功したのです」

「それで……それで男爵はどうしたのですか？」

あまりものすごい話なので、さすがの邦雄も、まっさおになってたずねた。

金田一耕助は、顔色をくもらせて、

「古柳男爵の考えはよかった。それをうまく使えば、どれだけ人類のためになったかしれない。しかし男爵はそれを悪用したのだ」

古柳男爵は、そんなえらい学者のくせに、お金や宝石には目のない大悪人だった。そのために、自分のきょうだいを殺して、とうとう死刑になってしまったというのである。

「し、死刑……それじゃ、男爵は死んだのですか？」

「そう、ところがその死体がまだひえきらぬうちに、弟子の博士がひきとって、その脳をぬきとり、かねて男爵がやしなっておいたロロという、ひとともサルともわからぬ怪物の脳と、いれかえたのだ。

そこで古柳男爵は、あのような、世にもものすごい怪獣の改造人間として、生きかえってきたのだよ」

「そして……そして……その手術をしたお弟子の博士は、どうしたのですか？」

邦雄はあまりの恐ろしさに、おもわず声をふるわせながらきいた。

「殺されたよ。怪獣男爵に……男爵はね、自分の悪事をたなにあげて、自分を死刑にした社会に復讐をするのだといって、悪いことならなんでもするんだ。あいつは血も涙もない悪魔のような怪物だよ」

ああ、なんという恐ろしい話だろう。毒薬というものは、使いようによってはひとも殺すが、また使いようによっては、ひとの命も救うのである。

学問もそれと同じこと、そのひとによって、こんなにも恐ろしい結果となったのだ。

それにしても、そのような恐ろしい怪物のとりことなって、小夜子はこれからさき、どうなっていくのだろうか。

「ところで、金田一耕助先生、あの小男はどういうやつですか？」

「ああ、あれか、あれは音丸三平といって、小さいときから古柳男爵に育てられたみなしごで、男爵にとっては、イヌみたいに忠実な部下なんだ」

「いやあ、金田一耕助さん」

そのときよこから口をだしたのは、警視総監だった。

「それでだいたい、怪獣男爵の説明はついたが、どうでしょう、あいつのありかをつきとめるのに、なにかいい考えはありませんか？」

「さあ、それです。どうでしょうか。こういうふうにやってみたら……」

金田一耕助はなにか名案を語りはじめたが、きゅうに声が低くなったので、ドアの外で立ちぎく女秘書、杉浦路子にも、そのあとはききとれなかった。

それにしても金田一耕助は、どのようにして、あの恐ろしい怪獣男爵のありかをつきとめようというのだろうか。

二重めがねの紳士

さて、警視庁の一室で、怪獣男爵をとらえるために、名案がねられたその夜のことだった。

原宿にある玉虫元侯爵の家へ、意気ようようとやってきた男がある。しゃれた洋服に、片めがね、いかにも、まじめくさった顔をしたそのひとは、私立探偵、蛭峰捨三だった。

ところで、きみたちはきのう金田一耕助が尾行して、この蛭峰捨三こそほかならぬ、義足の倉田であることを、もうご存じだろう。知らぬこととはいいながら、玉虫老人も悪いやつに、事件を頼んだものである。

それはさておき、あらかじめ電話でうちあわせがしてあったとみえて、蛭峰探偵はやってくると、すぐいつかの寝室へ通されたのだが、へやへはいるなり、かれは思わずギョッとしたように立ちどまった。

玉虫老人だけと思いのほか、そこにはひとりの男の客がいたからだ。

その男は背たけが二メートルもある大男で、顔はきれいにそっているが、いかにもごうまんそうなつらがまえ。おまけに気味が悪いのはそのめがねで、ふつうのめがねをかけたうえに、ごていねいにもまた黒めがねをかけているのである。

つまり、二重にめがねをかけているのだが、よほど目が悪いのだろう。

「ああ蛭峰さん、どうぞ」

蛭峰探偵がドアのところで、ためらっているのをみると、玉虫老人がベッドのなかから声をかけた。気のどくな老人はあいかわらずベッドに寝たっきりなのだ。

「ここにいるのはわしのおいで、猛人といいます。猛人、あちらがいま話をした私立探偵の蛭峰さんだ」

老人にひきあわされて、ふたりはていねいに目礼をかわしたが、二重めがねと片めがね、その奥に光っているのは、どちらも、ゆだんのならない目の色だった。

「ところで蛭峰さん。お願いした孫のゆくえですがね。なにか手がかりがつきましたか？」

老人が、ベッドのなかからたずねると、蛭峰探偵は、ひきつったような笑いをうかべながら、

「あっはっは、ご老人も気が早い。あなたからご依頼をうけたのは、きのうのことです

よ。そう早くはまいりません。いろいろ手をつくしてはいますがね」

「いや、ごもっとも、それについて、あなたともうちあわせておこうと思って、今夜こうしてきていただいたわけですが、じつはこの猛人のことですがね」

「はあ……」

「この猛人も孫のことについては、いろいろ心配してくれておりますのじゃ。小夜子はこれにとっても、親戚にあたるわけですからな。それでこのあいだから、二度も博多《はかた》へでむいてくれたのじゃが、ちょっと耳よりなことを、ききこんできてくれましたのでね」

「耳よりなことと申しますと？」

「猛人や、そのことについてはおまえからお話ししてあげておくれ」

「そうですか。それではぼくからお話ししましょう」

老人にうながされて、猛人はもったいぶったせきばらいを一つすると、

「小夜子さんがイタリアから帰るとき、海野清彦という青年に、つきそわれてきたことは、蛭峰さん、あなたもすでにご存じでしたね」

「はあ、それはきのう、ここにおられるご老人からうかがいました」

「その海野青年からおじさんあてに、手紙がきたこともご存じでしたかしら？」

「はあ、それもきのう、うかがいました。なんでもその青年は、博多郊外の、漁師のうちにやっかいになっているとか……」

「そうです、そうです。それでぼくはおじさんに頼まれて、博多まででむいていったの

です。ところがちょうどいきちがいになって、ぼくが博多へ着いたときには、海野青年はすでに博多をたったあとだったのです。しかも、日月丸という瀬戸内海がよいの汽船にのって……」

「日月丸……？　はて、なんだかきいたような名まえですね」

蛭峰探偵は、わざとらしく小首をかしげた。

「それはそうでしょう。日月丸というのは先月の二十五日の晩、瀬戸内海下津田の沖で難破して、そのことは全国の新聞に、大きくでましたからね」

「アッ、そ、それじゃその船に、海野清彦という青年はのっていたのですか？」

蛭峰探偵はいかにも、おどろいたようにききかえしたが、その実、義足の倉田ならそのことはもうとっくに承知のはずだった。

「そうです。その船にのっていたのです。ぼくも博多で、日月丸が難破したことをきくと、あわてて、下津田までひきかえしてきて、いろいろ調べてみたんですが、そのけっか、つぎのようなことがわかったのです。たしかに海野青年とおぼしき人物が、日月丸の遭難したとき、下津田の浜辺にうちあげられているのですが、そのときかれはピストルで、胸をうたれていたそうです。

そして、かれがひとに語ったところによると、海野青年をうったのは、義足で片目の人物だそうです。しかも、そののち海野青年は、ふたたびその義足の男のために、モーター・ボートでいずこともなく、連れ去られてしまったのです」

「なるほど、すると義足の男というのがくせ者ですな」

蛭峰探偵は内心でギョッとしながらも、たかをくくって、腹のなかでせせら笑ってい
た。

「そう。そこでぼくは船客名簿やなんかを調べて、やっと義足の男の名をつきとめたんですが、そいつは倉田万造《くらたまんぞう》といって、住所は東京都大田区南千束《みなみせんぞく》となっています。ところが南千束を調べたところが、倉田万造なんて人物は、どこにもいないんです」

「なるほど、変名を名のっていたんですね」

「そうです。そこで考えたのですが、そいつが義足で片目だというのもうそではないか。つまり、ひとの目をごまかすための、変装じゃないか。……そいつはあなたやぼくと同じように、あたりまえのからだをした人間じゃないか。……おや、蛭峰さんどうかしましたか。お顔の色が悪いようですが……?」

「ああ、いや、べつに……」

蛭峰探偵がハンカチをだして、あわてて顔をふいているときだった。お手伝いさんがはいってきて、かれに一通の手紙を渡した。

「え？　わたしに手紙？　だれから？」

「いま、くつみがきの少年みたいな子が持ってきたのです。蛭峰探偵に渡してくれと……いえ、手紙をおくと、すぐ帰りました」

見ると封筒の表には、蛭峰捨三どの、と書いてあるのだが、差出人の名は見あたらな

い。

　蛭峰探偵はふしぎそうに、まゆをひそめながらも、玉虫老人と猛人にことわって封を切ったが、手紙の文面を読んでゆくうちに、みるみるまっさおになってしまった。

降伏か死か

　蛭峰探偵がおどろいたのも、むりはなかった。そこにはこんなことが書いてあったのだ。


　蛭峰捨三よ。

　おまえが義足の倉田であることを、だれも知るまいと思っているようだが、このわたし、怪獣男爵だけはよく知っているぞ。よくもおまえはゆうべわたしをうらぎって、警察の手に渡そうとしたな。怪獣男爵はうらぎり者にはかならず復讐するのだ。

　おまえの仲間の、やぶにらみの恩田がどうなったかはわかっているだろう。

　蛭峰捨三よ。

　しかし、ここにただ一つ、おまえの命の助かる道がある。それはこの手紙を読みしだい、わがかくれ家へやってきて、わたしの足下にひれふし、許しをこうのじゃ。そして、二度とうらぎりせぬことを誓うのだ。それ以外に、おまえは命の助かる道はないと思え。

怪獣男爵

　なお、おまえがどのように逃げようとあせっても、しょせんむだだということを、あらかじめ警告しておく。おまえの身辺には網の目のように、わたしの部下をはりめぐらしてある。来たれ、そして怪獣男爵の忠実なしもべとなれ。

　読みおわった蛭峰探偵の手から、ひらひらとレター・ペーパーがまいおちた。

　猛人が、それをひろおうとすると、蛭峰探偵はそのからだをつきとばさんばかりにして、あわててひろいあつめたが、その顔はまるで青インキをなすったようにまっさおになり、からだは病人のようにぶるぶるふるえている。

「どうしたんですか、蛭峰さん。なにか悪いことでも書いてありますか？」

　玉虫老人があっけにとられたようにたずねた。

「いえいえ、な、なんでもありません。しかし、ご老人、わたしはきゅうに用事ができましたから、こ、今夜はこれで失礼を……」

　あいさつもそこそこに、へやをでてゆく蛭峰探偵の足どりは、まるで酔っぱらいのようにふらふらしていた。

　玉虫老人はびっくりして、ただぼんやりしていたが、それを見送る猛人の目は、二重めがねの奥でものすごく光っていたのだった。

床にまいおちた手紙をひろおうとして、なにげなくうつむいたとき、猛人の目にチラリとうつったのは、義足の倉田という文字だったのである。

（それではあいつが……）

猛人は玉虫老人の枕もとにかざられた、あの黄金の燭台を横目でにらみながら、ものすごいほほえみをうかべていたのだった。

なにをかくそう。玉虫老人のおいの猛人……この男もまた、ただのネズミではなかった。

それはさておき、玉虫邸をとびだした蛭峰探偵は、それこそ風の音にもびくっとするほどビクビクして、すっかりおびえきっていた。

時刻はちょうど夜の九時、お屋敷町の原宿は、もうどの家も雨戸をしめて、あたりはまっ暗である。そのなかを、ネズミのようにキョロキョロしながら、蛭峰探偵はやみからやみへと小走りに走っていく。

しかし、蛭峰探偵はなにをそのように、恐れているのだろうか。怪獣男爵の手紙によると、あやまりにゆきさえすれば、許してくれるというではないか。

いやいや、蛭峰探偵は怪獣男爵を信用していないのだった。そうした甘いことばでおびきよせておいて、恩田とおなじように、しめ殺してしまうのではないか……蛭峰探偵はそれを恐れて逃げられるだけ逃げようとしているのだ。怪獣男爵の網目をのがれて…

……。

とつぜんやみのなかから、コツコツとくつの音がきこえてきた。蛭峰探偵がギョッとして、あわててひきかえそうとすると、うしろからもコツコツとくつの音がきこえてきた。蛭峰探偵はまっさおになって、暗がりのなかに立ちすくんでしまった。

しかし、それは蛭峰探偵の思いすぎだったらしく、うしろからきた人物は、そのままそばを通りすぎていった。蛭峰探偵がやれやれと思って、ひたいの汗をふいていると、まえからきた男がいきなりつかつかとそばへよってきた。

「キャッ！」

蛭峰探偵が思わず悲鳴をあげて、とびあがると、かえって相手のほうがびっくりして、

「ど、どうしたんです、だんな。怪しい者じゃありません。マッチをお持ちだったら、かしていただきたいと思って」

蛭峰探偵がホッとしながら、無言のままマッチをさしだすと、相手はそれをすってタバコに火をつけた。マッチの光で見ると、浮浪者のような男である。

「いや、どうも、ありがとうございました」

帽子のひさしに手をやって、浮浪者はブラブラとむこうのほうへ歩いていく。

その姿を見送って、蛭峰探偵が急いで、やっと明るい表通りへくると、いいあんばいに、通りかかったのはからの自動車。それを呼びとめて、とびのった蛭峰探偵。

「し、新宿までやってくれ。お、大急ぎだ！」

そういってから、蛭峰探偵はそっと、窓から外をのぞいてみたが、べつにつけてくる自動車はないようすだ。

蛭峰探偵はひと息ついて、汗をふこうと、ハンカチをとりだしたが、そのとたん、ポケットからひらひらとまいおちた紙切れがあった。

なにげなく手にとって見ると、

降伏か死か　怪獣男爵

「うわっ！」

「だ、だんな、どうかしましたか！」

「いや、な、な、なんでもない。し、新宿はやめだ。ぎ、ぎ、銀座へやってくれ！」

蛭峰探偵は熱病にでもかかったように、がたがたと車のなかでふるえるばかりだった。

蛭峰探偵の恐怖

銀座尾張《おわり》町の角で自動車をおりた蛭峰探偵は、だれかつけてくるものはないかと、心配そうにあたりを見まわし、それから銀座どおりへ出ようとしたが、するとそのとき、だしぬけに道ばたからとびだした少年が、上着のすそをつかまえた。

「だ、だれだ、なにをする！」

ギョッとした蛭峰探偵がふりかえってみると、それは顔じゅうべたべたと、くつずみをつけたうすぎたないくつみがきの少年だった。

「おじさん、くつみがかせてよう」

「いらん、いらん、そこをはなせ」

「そんなこと、いわないでよう。今夜、仕事ないんだもの。くつみがかせておくれよう」

「いらんといったら、いらんのだ。しつこいやつだ。そこ、はなさんか」

「ちえっ、なんだい、けちんぼ」

少年はペロリと舌をだすと、そのまま、どこかへいってしまった。

「ちょっ、いまいましいやつだ」

蛭峰探偵は口のなかで、ぶつくさいいながら、あわてて銀座のひとごみへまぎれこんだ。

どの店も明るく、電気がかがやき、流れるようにひとが歩いている。蛭峰探偵はホッとした気持ちである。いかに怪獣男爵といえども、まさか、こんなにぎやかなところで、危害をくわえることはできないだろう。

蛭峰探偵はだんだんおちついてくるにつけ、いままで、ビクビクしていたのが、ばからしくなってきた。怪獣男爵なんか、へいちゃらだと思いはじめた。

ところがそのうちに蛭峰探偵は、みょうなことに気がついた。すれちがうひとが、みんな自分を見て、にやにや笑うのである。

おや、どうしてみんな、自分を見て笑うのだろう……。

蛭峰探偵はまたふっと、不安になってきたが、そのときだれかが肩をたたいて、

「もしもし、せなかにへんな紙がはりつけてありますよ」

と、教えられた蛭峰探偵。あわてて上着をぬいでみると、なんと、おしりのほうにピンでとめた赤い紙の上に、すみ黒々と、

このおとこ、命売ります　怪獣男爵

とたんに、蛭峰探偵はまっさおになり、しばらく、ブルブルふるえていたが、いきなり、気ちがいのようにかけだすと、通りかかった自動車をよびとめ、

「浅草へ……浅草へやってくれ！」

と、力のなくような声で命じた。

それにしても、いつ、だれがあんな紙をはりつけたのか……。

自動車のなかで、蛭峰探偵はそれを考えてみたが、すると、すぐ胸にうかんだのは、さっきのくつみがきの少年である。

「そうだ、あいつだ、あいつよりほかにない」

すると、そのときまたしても、胸にうかんできたのは、さっき玉虫老人のところへ、怪獣男爵の手紙を持ってきた使いのこと。お手伝いのことばによると、その使いというのも、くつみがきの少年だったというではないか……ああ、それではあんな子どものく

せに、自分をつけているのであろうか。

蛭峰探偵はあまりの気味悪さに、汗びっしょりになったが、そのとき自動車の運転手が、

「だんな、浅草ですが、どちらへつけますか」

「ああ、うむ、雷門のまえにしてくれ」

時間が早いので、浅草はにぎやかである。蛭峰探偵は自動車をおりると、さっきのくつみがきはいないかと、あたりを見まわしたが、さいわいどこにも姿が見えない。

蛭峰探偵はホッとして、ひとごみのなかを歩いていったが、すると、とつぜんうしろから、

「もしもし、だんな、これを」

声をかけられて、ギョッとふりかえった蛭峰探偵は、そのとたん、頭から水をぶっかけられたような気がした。うす暗い道ばたに立っているのは、大きなはりこの人形だが、なんとその形は怪獣男爵にそっくりではないか。

「な、な、なんだ、きさまは……!」

蛭峰探偵は、いまにもつかみかかりそうなけんまくである。

「ど、どうしたんです。だんな?」

人形のなかから男の声で、

「わたしは映画のCM屋ですよ。いま『ゴリラの惑星《わくせい》』という映画をやっているので、

そのコマーシャルのために立っているんです。ひとつビラを読んでみてください」

渡された宣伝ビラを、ろくに見もしないで、蛭峰探偵はあわててその場を立ち去った。自分の思いすごしが、はずかしくなってきたからにちがいない。

ところが、そこから百メートルほどきて、明るいショー・ウインドーのまえで、なにげなくビラに目をおとした蛭峰探偵は、

「ギャッ！」

まるで、カエルをふみつぶしたような声をあげて、とびあがったのだ。

なんと、それはまっ赤な紙で、しかもこんなことが書いてあったではないか。

> 逃げてもだめ、かくれてもむだだ。いっときも早くこちらへきて、われに降参せよ。
>
> 怪　獣　男　爵

蛭峰探偵はぶちのめされたように、道ばたに立っていたが、やがて、自動車をよびとめると、しょんぼりとそれにのり、元気のない声で、どこやらいき先を告げた。

怪人と猛犬

「金田一先生、あいつまだ、逃げまわるつもりでしょうか」

「さあ、さっきは、だいぶまいっていたね。あの宣伝ビラは、よほどこたえたらしいよ」

「あっはっは、それにしても、よくまあ、うまいぐあいに広告人形があったもんですね。『ゴリラの惑星』という映画の宣伝なんですが、まったく怪獣男爵にそっくりですからね。そこでさっそくぼくがかりて、なかへはいっていたんですが、あの人形を見たときのあいつの顔ったらありませんでしたよ」

「いや、海野くん、うまくやったよ。きみばかりじゃない、邦雄くん、きみのくつみがきの少年だって、ほんものにそっくりだよ」

「いやだなあ、そんなにほめられると、ぼく、はずかしいですよ。しかし、先生、あいつはいよいよ、怪獣男爵のところへいくでしょうか」

「うむ、さっきの顔色を見ると、こんどこそ決心したんじゃないか。運転手くん、まえの自動車を見失わないように」

蛭峰探偵を追って、夜の東京を、町から町へと走っていく一台の自動車。のっているのは、さっき玉虫老人の家の近所で、蛭峰探偵にマッチをかりた浮浪者と、くつみがきの少年と、もうひとり浮浪者姿の青年だったが、なんと、この三人こそは、探偵金田一耕助と野々村邦雄少年、それから海野清彦青年だったのである。

しかも、三人の話をきいていると、さっきから蛭峰探偵をふるえあがらせている、あの赤い紙のおどしもんくは、そのじつ、怪獣男爵からきたものでなく、どうやら、金田一耕助が、かつて男爵の部下であった蛭峰探偵をおどかして、そこへゆかせるとどうじに、こっそりそのあとをつけ、男爵のかくれ家をつきとめようとしているらしいのだ。

ああ、なんというきまい思いつき、なんという、すばらしい計略だろう。

しかし、そんなこととは、夢にも知らぬ蛭峰探偵、かさねがさねのおどしもんくに、もうすっかりまいってしまった。逃げてもだめ、かくれてもむだ……。

さっきのビラに書いてあったおどしもんくが、まるでネオン・サインのように頭のなかにまたたいて、蛭峰探偵は、骨をぬかれたように、すっかりいくじがなくなっていた。

おりおり、窓からうしろをみると、さっきから、しつこくあとをつけてくる自動車がある。それも一台ではなく二台、三台。

ああ、もうだめだ、怪獣男爵のなかまが大ぜい、網をしぼるように、自分を追いこんでいくのだ。

もうこうなったら、いっときも早く、怪獣男爵のもとへおもむき、許しをこうよりほかに道はない。

「きみ、きみ、運転手くん、麻布《あざぶ》はまだか、麻布の六本木だよ」

「ええ、だんな、ここはもう六本木ですが、どちらへつけますか」

「ああ、そうか。それじゃ溜池《ためいけ》のほうへくだって。……ああ、そこだ、そこでいい」

坂の途中で自動車はとまった。そのへんはむかしから、大邸宅がならんでいて、夜になると、さびしいところである。

蛭峰探偵は自動車をやりすごすと、坂の途中を左へ曲がり、やってきたのは、いかめしい鉄の門のついた家のまえだった。

蛭峰探偵がこわごわなかをのぞくと、へいのなかはまっ暗で、二階だての洋館が黒々と夜空にそびえており、その洋館の一角についている、おわんをふせたような、丸い塔の屋根が、気味悪い感じだ。

蛭峰探偵は門のわきについているよびりんを、押そうか押すまいかとためらっていたが、おりからそこへ、自動車の近づいてくる音に、あわてて、むかいの原っぱへとびこみ、草のなかへはらばいになった。

自動車の音はしだいに近づいてきたが、すると、どうだろう。いままでしずまりかえっていた、家々のあちこちから、ものすごくイヌがほえはじめたのだ。しかもイヌの声は自動車が近づくにつれて、いよいよはげしさを……。

やがて、一台の自動車が、ピタリと門のまえにとまった。

なかからおりてきたのは、あの小男である。小男はジャラジャラとカギをならせて、鉄の門をひらいたが、そのときだった。どこからとんできたのか、一ぴきの大きなイヌが、ものすごいうなりをあげて、自動車にとびついたかと思うと、ひらいていた客席の窓から、ヒラリとなかへとびこんだのだ。

さあ、たいへん、自動車のなかでは、ひととイヌとのものすごい格闘がはじまった。怒りにみちた叫び声、たけり狂ったうなり声、しばらくは、自動車もひっくりかえるかと、思われるほどのさわぎだったが、やがて、「キャァン！」と、世にも悲しげな、イヌの鳴き声がきこえたかと思うと、自動車のなかはぴたりとしずかになってしまった。

そして、間もなく自動車の窓から、ドサリと投げだされたのはイヌのからだである。イヌはしばらくヒクヒクと苦しそうに手や足をふるわせていたが、やがて、ぐったりと、動かなくなってしまった。

原っぱのなかから、このようすを見ていた蛭峰探偵は全身の毛がさかだつような、恐ろしさを感じたが、しかし、いまはもう、ぐずぐずしているばあいではない。

いきなり原っぱからとびだすと、いままさに、門のなかへはいろうとする、自動車のそばへかけよった。

「男爵！　待ってください」

「だれだ！」

自動車のなかからきこえてきたのは、怪獣男爵の怒りにみちたうなり声だ。

「わたしです。倉田です。男爵の命令どおり、あやまりにきました。許してください！」

「なに、おれの命令どおり……？」

自動車のなかから怪獣男爵の、ギクッとした声がきこえたが、やにわに窓から、ゴリラのような腕がのびると、蛭峰探偵の首ったまをひっつかみ、

「おれといっしょにこい！」

と、そのまま自動車は門のなかへはいっていった。蛭峰探偵をひきずったまま……。

海坊主の怪

と、すぐそのあとへ、足音もなくかけつけてきたのは、金田一耕助と邦雄、それに海野青年の三人だった。三人は懐中電燈の光で、イヌの死体を見つけると、ワッとうしろへとびのいた。

それもむりはない。オオカミのようなイヌが、みごとに口をさかれて……。

「せ、先生、こんなことができるのは、怪獣男爵よりほかにありませんね!」

「そうだ、怪獣男爵だ。恐ろしいやつ……」

三人が身ぶるいをしているところへ、近づいてきたのは七、八人の男だった。

「金田一さん、怪獣男爵は……?」

そういう声は等々力警部。

「ああ、警部さん、どうやらここがかくれ家のようです。手配は、いいですか?」

そこへまた七、八人の人影が、足音もなく近づいてきた。

「警部どの」

「よし、これでみんなそろったな。ここが怪獣男爵のかくれ家だ。こんどこそ逃がさぬようにまず家を包囲する。わかったか」

「わかりました」

刑事たちは足音もなく、パッと家のまわりへ散ると、やがててんでにへいをのぼっていった。

「よし、われわれは門をのりこえよう」

等々力警部を先頭にたて、一同はひとかたまりになって、門をのりこえた。と、ゆく手にちらほら光が見える。それを目あてにすすんでいくと、大きな二枚のドアがあり、光はそこからもれているらしい。

等々力警部はかまわずに、パッとドアを左右にひらいたが、そのとたん、一同は、思わずギョッと息をのみこんだ。へやのなかに、だれかが倒れているのだ。

「アッ、だれか倒れている!」

つかつかとなかへふみこんだ等々力警部が、そのからだを抱き起こしたとたん、一同はアッと叫んでしりごみをした。

それもそのはずだ。それは蛭峰探偵だったが、警部が抱き起こしたせつな、首が大きくグラリとかたむいたではないか。

「ああ、先生、やっぱりさっきの悲鳴は……」

「そうだ。怪獣男爵が、うらぎり者の首根っこをへしおったのだ」

あまりの恐ろしさに邦雄は、思わず顔をそむけたが、そのとき目についたのは、へやのすみにころがっている、もう一つの人影だった。

「アッ、先生、あそこにもだれか……!」

「アッ、あれは小夜子さんじゃないか。小夜子さん、しっかりしてください！」

海野青年が抱き起こしたのは、鉄仮面をかぶせられた少女だった。

「海野くん、小夜子さんも殺されて……？」

「いや、生きています。ただ、気を失っているらしいのです」

「ありがたい、それじゃ小夜子さんはきみにまかせるよ。それにしても怪獣男爵は……

…？」

と、金田一耕助のことばもおわらぬうちに、

「わっはっは、その男爵ならここにいるぞ！」

ものすごい声をきいて、一同がギョッとして上をあおぐと、ああ、なんということだ。高い天じょうからぶらさがった、丸いかごのなかから、顔をだして気味悪く笑っているのは、まぎれもなく怪獣男爵。そばには小男の音丸も、ニタニタ笑っているではないか。

「うぬ、怪獣男爵、おりてこい。屋敷はほういされて、アリ一ぴきはいだす、すきもないぞ。おとなしく降伏しろ！」

警部のことばに怪獣男爵、腹をかかえて笑うと、

「おい、金田一耕助、等々力警部、おまえたちの知恵はそんなものか。まわりをほういすれば、それでよいと思っているのか。空はどうした。地の底はどうだ。わっはっは！」

「なにっ！」

金田一耕助は、ぶちのめされたようによろめいた。

ああ、なんと、怪獣男爵と小男をのせたかごは、そういううちにも、ゆらゆらと、上のほうへあがってゆく。

「おのれ、おのれ、おのれ!」

等々力警部が歯ぎしりしながら、めくらめっぽう、ピストルをぶっぱなした。

「わっはっは、金田一耕助、また会おうぜ。わっはっは!」

そのとき、天じょうがポッカリとわれたかと思うと、怪獣男爵をのっけたかごは、ゆらゆらとそこから消えていってしまった。

ちょうどそのとき、建物をほういしていた警官たちは、なんともいえない、ふしぎなものを見たのである。あの、おわんをふせたような丸い屋根が、花びらのように八方にわれたかと思うと、あとから海坊主のようなものが、ムクムク、頭をもたげてきたのだ。

「ワッ、なんだ、あれは……?」

警官たちがびっくりして、目を丸くして見ていると、海坊主はしだいしだいに、せりだしてきて、やがてポッカリ、屋根からうきあがったのは、なんと軽気球ではないか。

「わっはっは、どうだ、おどろいたか、金田一耕助。わっはっは!」

怪獣男爵の声を残して、軽気球は暗い夜空にまいあがると、やがて、いずこともなく飛び去っていったのだった。

怪軽気球

怪獣男爵が軽気球にのって、逃走したというニュースは、その夜のうちに電波にのって、日本全国つづうらうらまで放送された。

そのばんの風むきのぐあいでは、軽気球は東京の西方から、山梨《やまなし》県方面へむかうだろうという放送があったので、さあ、その方向にあたる村々、町々のさわぎはたいへんだった。

いたるところに自警団が組織されて、軽気球よ、来たらばきたれと、かがり火をたいて、夜どおし空を見張っているというさわぎである。

ところが、その夜もあけた翌朝のこと。軽気球が奥多摩の、とある山中の大木のこずえに、ひっかかっているのが発見されたのだ。

しかも、かごのなかに人影らしいものが見えるという知らせをきいて、地元の警察では警官たちをかりあつめ、それっとばかり、そのところへ急行した。

なるほど見ると、軽気球は、けわしい山のてっぺんの、杉の木にひっかかっている。おそらくガスがしだいにぬけて、ついらくする途中で、杉の枝にひっかかったのであろう。

ペシャンコになったガス袋が、杉のこずえにかぶさって、なかばかたむいたかごが、ブランとぶらさがっていたが、そのなかには、たしかに人影らしいものが見えるのである。

警官たちはそれをみると、にわかに勢いをえて、アリのようにけわしい坂みちをのぼっていった。まもなく杉の大木は、武装した十数人の警官たちによってかこまれてしまった。

「おい、怪獣男爵、しんみょうにしろ、こうなったらもうだめだ。おとなしくおりてこい」

警官たちの先頭にたった署長が、下から大声でどなった。

しかし、怪獣男爵は、うんともすうとも返事をしない。だいいち、こんなに警官たちがつめかけてきているのに、さっきから身動きひとつしないのがふしぎだった。

警官たちは顔を見合わせていたが、やがて署長がこころみに、空にむかって二、三発ピストルをぶっぱなしてみた。それでもかごのなかの人間は、動くけはいはないのだ。

「署長さん、あいつらは気絶してるんじゃありませんか。ひとつのぼってみましょうか」

「うん、そうしてみてくれ」

すぐにみがるな警官がひとり、サルのようにスルスルと、杉の大木をのぼっていった。下では署長をはじめ一同が、手に汗にぎって、そのなりゆきを見まもっている。

やがて、かごのそばまでのぼっていった警官は、太い枝を足場として、かごのなかをのぞいていたが、やがて、ヒラリとなかへとびこんだ。と、思う間もなくかごのなかからきこえてきたのは、世にも気味の悪い声。

「わっはっは、どうだ、おどろいたか、金田一耕助。わっはっは！」

「あっ！　怪獣男爵だ！」

警官たちはサッと、顔色をかえると、いっせいにピストルをにぎりなおしたが、そのとき、かごのなかから顔をだしたのは、さっきの警官だった。

「署長さん、署長さん、怪獣男爵の正体というのはこれですよ」

と、目よりもたかくさしあげて、ドサリと一同のまえになげおろしたのは、なんと、怪獣男爵そっくりの人形ではないか。

警官はつぎに、小男の人形をかごからなげおろすと、やがて、金属製の箱のようなものを片手にぶらさげ、するすると杉のこずえをおりてきた。

「木村くん、木村くん、それじゃゆうべ軽気球にのって逃げたのは、怪獣男爵ではなくて、この人形だったのか」

「署長さん、きっとそうです。そうして警察の目をそっちのほうへむけさせておいて、自分はこっそり、かくれ家から逃げだしたのにちがいありません」

「しかし、さっききこえたあの声は……？」

「ああ、あれはこれです」

木村警官がさしだした箱をみて、署長は目をまるくした。

「なんだ、それは……」

「テープレコーダーですよ。ひとつかけてみましょうか」

木村警官が箱をひらいて、スイッチをいれると、そのなかから流れてきたのは、

「わっはっは、どうだ、おどろいたか、金田一耕助。わっはっは！」

まぎれもなく、怪獣男爵の声ではないか。一同はそれをきくと、あきれかえったように、目をパチクリとさせた。

ああ、なんということだろう。それでは全国の警察が、やっきとなって追っかけていた軽気球にのっていたのは、怪獣男爵ではなくて、怪獣男爵の人形と、テープレコーダーだったのか。

それにしても、ほんものの怪獣男爵はどうしたのだろうか。

あの六本木のかくれ家で、金田一耕助や、野々村邦雄が見たとき、かごのなかにいたのは、たしかにほんものの怪獣男爵と小男の音丸三平だった。それがいつ人形にかわったのだろうか。

わかった、わかった。軽気球がいったん天じょうの上へ消えて、それから屋根からとびだすあいだに、ふたりはすばやく人形と、いれかわったのだろう。そして、テープレコーダーがしゃべるように、スイッチをいれておいたのだろう。

こうして、警官たちの目を、そっちのほうへひきつけておいて、自分はこっそり、かこみのとけるのを待って、かくれ家から逃げだしたにちがいない。ああ、なんという悪がしこい怪物、抜け目のない悪党だろう。

そんなこととは夢にもしらぬ一同は、あれから間もなく、せめて小夜子をとりもどしたのをてがらにして、警視庁へひきあげてきたのだが、さて、さんざん苦労したすえに、鉄仮面をはずしたとき、海野青年の口をついてでたのは、世にもいがいな叫び声だった。

「あっ、ち、ちがう、こ、これは小夜子さんじゃない！」

ああ、なんということだ。それは小夜子とは、似ても似つかぬ少女ではないか。

こうして金田一耕助と警視庁は、怪獣男爵のために、かさねがさね、まんまといっぱいくわされたのだった。

にがいコーヒー

この事件はなんといっても、警視庁と金田一耕助にとって、大きな黒星だった。

新聞という新聞は、いっせいにこの事件を書きたてて、警視庁と金田一耕助を非難した。

なかには怪獣男爵に、手玉にとられている、金田一耕助と等々力警部の漫画いりで「名探偵か迷探偵か」などと、からかっているものもあった。

こうなると、警視庁の面目にかけても、一日も早く怪獣男爵をつかまえ、小夜子を救いださなければならない。そこで、奥多摩の山中で、見つかった晩のこと、警視庁の警視総監室では、またしても、捜査会議がひらかれることになった。

あつまったのは、等々力警部をはじめ五、六人の幹部たち。それから、いままでのいきがかりじょう、金田一耕助もまじっていた。

さて、丸いテーブルをとりかこんだ一同は、さっきから人待ち顔に、しきりに腕時計をながめていた。それは今夜の主人公であるはずの、警視総監の姿がまだ見えないからだった。

時計を見るとまさに八時、とうとうたまりかねたように、金田一耕助が口をひらいた。

「警部さん、警部さん、警視総監はいったいどこへいかれたのですか？」

「いや、ちょっと用事があって、女秘書の杉浦さんとともにでむかれたのだが、どんなにおそくとも、七時半までには帰るといっていかれたのに……」

「途中で、なにか事故があったんじゃないでしょうね？」

「それならそれで、電話がありそうなものだが……ちょっと交換台へきいてみましょう」

等々力警部が、卓上電話の受話器をとりあげたときである。ろうかの外に足音がして、ドアがひらいたかと思うと、急ぎ足ではいってきたのは、女秘書の杉浦路子《みちこ》だった。

「ああ、みなさま、お待たせしてすみません。途中で交通事故があったものですから」

「えっ、それで総監どのは、おけがをされたのですか」

「ええ、でも、ご心配なさるほどのことはございません。いま、お見えになります」

と、そういうことばもおわらぬうちに、

「やあ、どうも、すまん、すまん。すっかりおそくなっちゃって……」

と、いいながらはいってきた警視総監の顔を見て、一同は思わずいっせいにいすから立ちあがった。

それもそのはず、警視総監は頭から顔から、すっかり白いほうたいで包まれて、見えるところといえば、二つの目と、鼻の穴と口ばかり。

「総監どの。いったい、ど、どうされたんですか?」

「いやあ、なに、自動車が衝突して、顔にちょっとかすり傷をおったのさ。そこで近所の病院へかけつけたところが、医者め、バイキンがはいっちゃならんとか、なんとかいって、こんなぎょうさんなことをやりおった。あっはっは、いささかきまりが悪いくらいのもんだよ」

「だいじょうぶですか。ほんとうに?」

「だいじょうぶ、だいじょうぶ。さあ、席についてくれたまえ。さっそく会議をはじめよう。杉浦くん、コーヒーでもいれてくれたまえ。うんと濃くしてね」

警視総監が席につくまえに、金庫をひらいてとりだしたのは、それこそ問題の黄金の燭台、小夜子の指紋のついた燭台なのだ。

「さて、問題はこの燭台だが、金田一さん、怪獣男爵もこの燭台をねらっているのかな?」

「どうもそのようですね」

金田一耕助が身をのりだして、話をしようとしたとき、女秘書の杉浦路子が、コーヒーをいれて運んできた。一同はそれをすすりながら、耕助の話に耳をかたむけた。

「この燭台をねらっている悪党には二組あるようですね。それは海野くんや邦雄くんの話、さてはまた、ぼく自身品川の地下工場で、立ちぎきした怪獣男爵のことばなどをそうごうして、考えられるところなんですが、その一組というのが、義足の倉田や、やぶにらみの恩田、つまり怪獣男爵に関係ある線ですが、この連中はあきらかに、黄金の燭台そのものをねらっているようです。その理由はまだよくわかりませんが……」

と、金田一耕助は、コーヒーをすすりながら、

「ところが、ここにもう一組、この燭台をねらっているやつがある。しかし、そいつはかならずしも、燭台を自分の手中におさめなくてもよい。この燭台がこの世から、なくなってしまえばよいと思っているようです」

「どうして、そんなことがわかるかね？」

と、警視総監がたずねた。

「それはそいつが、鷲の巣燈台の燈台守を殺し、燈台の灯を消して、日月丸を沈没させたところから、そう考えられるのです。日月丸には海野くんが、この燭台を持ってのっていました。日月丸が沈没すれば、燭台も海底ふかく沈むわけです。そいつは、それをねらったのです。

しかし、さいわい、海野くんの働きで、この燭台は救われましたが……」

「しかし、そいつはどうしてこの燭台を、なきものにしようと思っているんだね？」

「それは、この燭台に焼きつけられている指紋が、こわいからでしょう。これは小夜子という少女の指紋です。いつかもお話ししたとおり、小夜子という少女は玉虫元侯爵のお孫さんなのですが、三歳のとき別れたきりなので、おたがいによく顔を覚えていない。だから、手ぶらでおじいさんに会いにいったのでは、にせ者だといわれる心配があるのです。

だから、この指紋をしょうことして、おじいさんと名のりあいたいと思っているのですが、そうなると、ここにひとりつごうの悪いやつがでてくるのです」

「つごうの悪いやつとは……？」

「それはまだ、はっきり申しあげるわけにはいきません。しかし、小夜子さんが玉虫元侯爵の孫ときまれば、玉虫老人の財産は、みんな小夜子さんのものになります。玉虫老人はいまでもとてもお金持ちですから……」

しゃべっているうちに、金田一耕助は、とつぜん、ギョッとしてあたりを見回した。

ああ、なんということだ。等々力警部をはじめとして、そこにいる連中ぜんぶが、こっくりこっくり、居眠りをはじめているではないか。

しかも、耕助自身、きゅうに頭が重くなって、舌がもつれるのを感じるのだ。

（しまった！　いま飲んだコーヒーだ。あのなんともいえぬにがい味……）

金田一耕助はハッとして、警視総監のほうをふりかえった。

みんな居眠りしているなかに、ただひとり、ゆうぜんと腰をおろしている、警視総監の目と唇が、まっ白なほうたいの奥から、ニヤニヤと、あざけるように笑っているではないか。そのとき、きゅうに卓上電話のベルが、けたたましく鳴りだした。

尾行する影

「ぼ、ぼ、ぼく、金田一耕助です。そちらはどなたですか?」

受話器をとりあげた金田一耕助は、からだがふらふらとして、舌がもつれていた。いまにもぶっ倒れそうな気持ちである。

それをまた、いかにもおもしろそうに、ほうたいだらけの警視総監が、ニヤニヤとして見ているのだ。電話のむこうから、カの鳴くようなかすかな声がきこえてきた。

「おれだ、警視総監だ。悪者のためにつかまって、あるところへ押しこめられていたのを、いまやっと脱出してきたのだ。そちらに、なにかかわったことはないか?」

かわったことがないどころか大ありである。

「ああ……警視総監どの……いま、ここに、あなたのにせ者が……!」

だが、金田一耕助は、それだけいうのが、やっとのことだった。なんともいえぬだるさが、全身をおしつつんだかと思うと、受話器をにぎったまま、ぐったりとテーブルの上にのびてしまった。

そのときすでに警視総監は……いやいや、警視総監のにせ者は、黄金の燭台をケースにつめ、それを小わきにかかえると、だっとのごとくへやをとびだしていた。へやの外には心配そうな顔をした女秘書が待っている。

「カオル、いけない、ほんものの警視総監が、押しこめてあった場所から、逃げだしたらしい。急いでここから逃げださねばならん！」

ふたりが急ぎ足に、階段をかけおりていったときだった。

警視総監のへやのなかでは、いままでぐったりと眠りこけているように見えた金田一耕助が、きゅうにむっくり、頭をもたげたのだ。金田一耕助は、電話の受話器をとりあげると、

「受付へ。大至急だ！」

やがて、電話が受付へつながれると、

「いまそちらへ、ほうたいだらけの警視総監が、女秘書を連れておりていくからね。そいつのあとをつけてくれたまえ。そいつはにせ者なんだ。しかし、まだつかまえるのは早い。もう少し、たしかなしょうこをつかみたいんだ。ぜったいにまかれぬように、うまくあとをつけてくれたまえ！」

受話器をかけると金田一耕助は、にんまり笑って、

「うっふっふ、このぼくがおまえたちの手にのると思っているのか。あの女秘書がしょうきひげの助手だということは、いつか神戸の地下室でのぞいてみたから、まえからちゃんと知っていたんだ。すぐにつかまえようと思ったが、それじゃ、しょうきひげをと

り逃がすおそれがあるので、きょうまでわざと知らん顔をしていたんだ」

金田一耕助は、それから眠りこけているひとたちを、ひとりひとり起こしてみたが、よほど強い薬だったとみえて、なかなか目がさめそうにもない。

「こんなことなら、ちょっと注意すればよかったが……まあ、いい、このひとたちがほんとうに眠ってくれたおかげで、ぼくのお芝居も、ほんとうらしく見えたんだからね。ぼくはあのほうたいの男が、コーヒーを飲むまねをしながら、床へこぼしているのを見て、すぐ、さてはと気がついて、同じようにコーヒーをみんな、床にあけてしまったんだが……」

金田一耕助は、それから帽子をかぶりなおすと、ゆうゆうとへやをでていった。そして、玄関の受付で、

「警視総監のへやで、等々力警部ほか五、六人のひとが、眠り薬を飲まされて眠っているから、すぐ、医者をさしむけるように」

と、それだけいい残すと、あっけにとられている受付をその場に残して、風のように、警視庁からでていった。

それにしても金田一耕助は、こんなにゆうゆうとしていていいのだろうか。

ほうたいの男は、指紋のついた燭台を、持ち去ってしまったではないか。

もしあいつが、燭台をこわしてしまうか、いやいや、指紋をけずりとってしまえば、小夜子が玉虫老人の、孫だということは、どこにもなくなってしまうではないか。

　それはさておき、それから半時間ほどのちのこと、麻布六本木の、とあるさびしい町角に、一台の自動車がとまった。そして、なかからおりてきたのは、なんと、しょうきひげの大男と、警視総監の女秘書に化けていた、あのカオルという黒衣の女なのだった。

　さては、さっきのほうたいの男というのは、しょうきひげの悪者だったのか。

　ふたりは自動車が立ち去るのを待って、キョロキョロとあたりを見回したのち、だれもつけている者のないのを見さだめると、安心したように歩きだした。

「それでは、先生、あの怪獣男爵は、その燭台を持ってきたら、小夜子さんを、あなたに渡すというんですね」

「シッ、大きな声をだすない！」

　しょうきひげはあわてて、暗い夜道を見回しながら、

「そうだ、カオル。怪獣男爵はどうして感づいたか、おれが小夜子をさがしていることを知ったらしい。そこで、きょうおれのところへ電話をかけてきて、燭台と小夜子をこうかんしようといってきたんだ。いったい、どういうわけでこの燭台を、あいつがそんなにほしがっているのか、おれにはわけがわからないが……ああ、この家だ」

　しょうきひげの大男と、黒衣の女カオルが足をとめたのは、なんと、ゆうべ大さわぎを演じた、怪獣男爵のかくれ家と、背中あわせに建っている、古びた洋館だった。

　しょうきひげは門柱についているベルを、用心ぶかく押したが、こういうようすを、二十メートルほどはなれた暗がりから、ジッと見つめている、二つの影があった。

なんとそれは、海野清彦青年と、野々村邦雄少年だったのである。

怪人対怪物

さて、しょうきひげの大男が、門柱についたベルを押して、しばらく待っていると、やがて門の内側から、カタコトとみょうな足音がきこえてきた。

「だれだ、そこにいるのは?」

門のなかから、低い、しゃがれた声がした。

「わたしだ。きょう、男爵から電話をもらった男だよ」

「なに、男爵から電話をもらった男……? ああ、そうか。そして、例のものは手に入れたか」

「細工はりゅうりゅうだ。手に入れてちゃんとここに持っているから、男爵にそういってくれ」

「よし、ちょっと待て」

門の内側で、ガチャガチャと掛け金をはずす音がしたが、きゅうにまた、

「だれだ、そこにいるのは……おめえひとりじゃないのか?」

と、とがめるような声がした。

「ああ、これか。これはべつに心配なものじゃない。わたしの助手で、燭台を手にいれ

るために、ひとかたならず働いてくれたものだ」

「ああ、警視総監の秘書に化けていた女だな」

しょうきひげと黒衣の女は、思わず顔を見合わせた。相手はなんでも知っているのだ。

「ほかに、だれもいやあしないだろうな」

「だいじょうぶだ。だれもいやあせん」

「よし」

やがて、ギイッと門がひらくと、そこに立っているのは、黒いマントを着た見あげるばかりののっぽだった。

「早くはいれ。そして玄関のところで待っていろ」

しょうきひげと黒衣の女が、門のなかへはいってしまうと、のっぽはすばやく外を見回して門をしめた。それから玄関のところで待っているふたりのところへ、カタコトとみょうな足音をさせてやってきたが、変な足音がするのもどおりだった。

そいつは木で作った竹馬みたいなものを足にはいていて、その上から、ながいつり鐘マントをすっぽりと着ているのだ。

いうまでもなく、それは小男の音丸三平だった。

黒衣の女がうす気味悪そうにしりごみするのを、小男は歯をむきだして笑いながら、

「あっはっは、なにもこわがることはねえよ。一目ひとに見られたらおしまいだから、こうしてのっぽに化けているのよ。さあ、おはいり。男爵さまがさっきからお待ちかね

だ」

玄関をはいると暗いホール。それから、曲がりくねった長いろうか。ろうかにも明かりはなくてまっ暗だったが、小男はその暗がりを、懐中電燈で照らしながら、先に立って案内する。足にはいたあの高い竹馬みたいなものが、カタコトと、暗いろうかに鳴りひびいて、なんともいえぬ気味悪さである。

やがて、小男は奥まったへやのまえに立ちどまった。

トントン、トントントントン、トン——拍子をとって、軽く二、三度ドアをたたくと、

「はいれ」

なかからわめくような声がきこえたが、その声のあまりの気味悪さに、黒衣の女のカオルは、冷たい水をあびせられたように、ゾッと身をすくめた。

小男はドアをひらくと、

「男爵さま、きょう電話をかけた男がやってまいりました。しゅびよく黄金の燭台を手にいれたそうでございます」

と、まるで、王さまにでも、申しあげるようなうやうやしさだった。

「わかっている。早くこちらにおとおし申せ」

「ハッ」

しょうきひげと黒衣の女は、小男のあとについて、ドアのなかへはいったが、そのとたん、黒衣の女のカオルは、またゾッと冷たい水をあびせられたように身ぶるいした。

そこは五メートル四方ほどのまっ四角なへやだったが、四方にまっ黒なカーテンをたらし、へやの中央には、じょうごをさかさまにふせたような、黒ブリキの電燈の笠がぶらさがっている。

そして、その光のなかに、丸いテーブルがおいてあったが、テーブルのむこうに、ゆうぜんと腰をおろしているのは、つるつるとした、白いゴムの仮面をかぶった人物である。

「いや、よくこられたな。まあ、そこへかけられい」

いうまでもなく、それは怪獣男爵。仮面をかぶっているのは、顔を見せていたずらに、相手をおどろかせないための心づかいだろう。

ことばづかいはていねいだが、その声の気味悪さといったらなかった。さすがのしょうきひげも、ちょっと恐れを感じたらしく、ちゅうちょしていたが、やがて、いわれるままに怪獣男爵とむかいあって腰をおろした。

こうしていよいよ、怪人対怪物の、世にも恐ろしい取引がはじまったのである。

オリのなかの少女

「いまきけば、黄金の燭台を手にいれられたということだが、ほんとうかな？」

ことばはていねいだが、仮面の下からのぞいている、怪獣男爵の目はものすごかった。

「ほんとうですとも、ここに持っているのがそれです」

　しょうきひげが小わきにかかえたケースを見せると、怪獣男爵が身をのりだし、ムンズと腕をのばした。

「あっはっは！」

　しょうきひげは、のどの奥でかすかに笑って、

「そうはいきませんよ。これを手にいれるためには、命がけの冒険をしてきたんですからね。約束どおり小夜子をもらいましょう。そうすれば、これはそちらへ渡します」

「むろん、小夜子はきみに渡す。しかし、そのまえにその燭台を見せてくれたまえ。にせものをつかまされたら困るからね」

「その心配はご無用。これは警視庁の金庫に、保管してあったんですからね。警視庁ともあろうものが、にせものを後生《ごしょう》だいじに保存しておくはずがない。それよりも、小夜子をここへだしたまえ。小夜子の姿さえ見たら、燭台を見せてもいい」

　しょうきひげもさるものだ。うっかり相手にのるようなことはしない。

　怪獣男爵は仮面の奥から、すごい目を光らせていたが、やがて腹立たしげにテーブルをたたくと、

「おい、音丸、こちらさまはとてもうたがいぶかい。あの子をお目にかけてあげてくれ」

「ハッ！」

　ドアのそばに立っていた小男が、うやうやしく答えて、かべにとりつけてあるハンド

ルをしずかにまわすと、なんということだろう。頭の上から、ギチギチとみょうな音がきこえてきたかと思うと、なにやら大きなものが天じょうから、ゆっさゆっさとおりてきたではないか。

黒衣の女のカオルは、思わず悲鳴をあげてとびのいた。しょうきひげの大男も、思わずテーブルの端《はし》を握《にぎ》りしめた。

「あっはっは、なにもおどろくことはない。小夜子を見せろというから見せてあげるのだ。よく目をとめて見るがよい」

天じょうからおりてきたのは、なんと、シシかトラをいれるような大きなオリではないか。

しかも、オリのなかには、セーラー服の少女がひとり、しずかにすわっているのだ。いうまでもなくそれは小夜子だった。小夜子はもう鉄仮面をかぶされてはいない。お人形のようにかわいい顔が、ほの暗い明かりのなかにうきあがっている。

それにしても、小夜子はいったいどうしたのだろうか。ちんまりとすわったまま身動きもせず、ぱっちりと見ひらいた目はまつ毛ひとすじ動かさないのだ。まるで、血もかよわぬ蠟人形《ろうにんぎょう》のようだった。

「ああ、お嬢さま」

黒衣の女のカオルが、金切り声をあげて、

「お嬢さまは……お嬢さまは、死んでいらっしゃるのでございますか？」

「いいや、死んじゃいない。ただ、強い薬で眠らせてあるだけだ」

怪獣男爵はしょうきひげをふりかえって、

「どうだ。これでうたがいが晴れたかね?」

しょうきひげはひたいの汗をぬぐいながら、

「いや、よくわかった。それじゃ燭台を渡したら、小夜子をわたしにくれるのだね」

「むろん、わしはあんな子どもに用はない。燭台さえもらえばいつでもきみにひき渡す」

「そして、わたしがあの子を、どうしようと、きみはいっさいかんしょうしないね」

「あっはっは、それはきみの勝手だ。煮てくおうと焼いてくおうと、わしの知ったことじゃない」

ああ、なんという恐ろしい取引だろう。しょうきひげはかつて小夜子を海に沈めて、殺そうとしたことがあるのである。その悪者に、小夜子をひき渡すということは、とりもなおさず、殺せというのもおなじことではないか。

「よし、それで話はきまった。それじゃこの燭台はきみに渡す」

しょうきひげがテーブルの上にケースをおくと、怪獣男爵はやにわにそれを引きよせた。そして、ふるえる指でふたをひらくと、なかから黄金の燭台をとりだした。仮面の奥で怪物の目が、ギラギラと光をはなっている。

「さあ、燭台はきみに渡した。早く、あの子をこっちへ渡してくれたまえ!」

しょうきひげがせきたてた。しかし、怪獣男爵は、そのことばを耳にもいれず、いっしんに燭台をながめていたが、だしぬけに顔をあげると、怒りにみちた叫び声をあげたのだ。

「ちがう、これはにせものだ！」

「な、な、なんだって！」

しょうきひげと黒衣の女のカオルが、いっせいにさっといすから立ちあがった。

「ば、ば、ばかな！　そんなばかなことが……」

「なにがばかだ。きさまはこれが読めないのか。これを見ろ！」

つきつけられた燭台の、台座の裏を見ると、なんと、そこにはこんな文字がほってあるではないか。


またしてもにせものをつかませて、お気のどくさま。　金田一耕助

それを見ると、しょうきひげと黒衣の女の顔色が、サッと紫色にかわったが、そのときだった。とつぜん、天じょうにとりつけてあるベルが、耳もやぶれんばかりにけたたましく鳴りだしたのだ。

「アッ、だれかへいをのりこえたやつがある！」

怪獣男爵がサッといすから立ちあがり、うしろのカーテンをひきあげると、そこには横一メートル、縦半メートルばかりの、カガミがかけてあったが、その上にくっきりとうつっているのは、はうように庭をすすんでくる、野々村邦雄少年と海野青年の姿だっ

た。そのうしろには五、六人の警官が、手に手にピストルを持ってはいってくるではないか。

それを見ると、怪獣男爵はクルリとしょうきひげのほうをふりかえり、

「うぬッ！　この悪者め、にせものを持ってきたばかりか、よくも警官までひき連れてきおったな。それッ、音丸、こいつらを逃がすな！」

ゴムの仮面をかなぐり捨てて、すっくと仁王立ちになった怪獣男爵の恐ろしさ。

やみからの声

邦雄と海野清彦青年は、金田一耕助の命令により、警視庁からほうたいだらけの怪警視総監と、女秘書をつけてきたのだった。ところが、ふたりがやってきたのが、昨夜大さわぎを演じた怪獣男爵のかくれ家と、背中合わせの怪屋《かいおく》であったばかりか、いつのまにやら警視総監が、しょうきひげの大男にかわっているので、ふたりは、大いに怪しんだのだ。

そこで、さっそく警視庁へ電話をかけてみたが、あいにく金田一耕助はどこかへでかけていったあとだし、等々力警部をはじめ幹部のひとたちは、眠り薬を飲まされて、まだこんこんと眠っているという。

ふたりはしかたなく、近くの警察にかけあって、五、六人の警官をかりあつめてきた

のだが、しかし、そのときふたりは、まさかその怪屋に、怪獣男爵がかくれていようとは夢にも知らなかった。ただ、警視総監に化けて、警視庁を荒らした悪者がかくれているといって、警官を呼んできたのである。

さて、一同はへいをのりこえ、暗い庭を腹ばいになってすすんでいったが、そのとき、とつぜん家のなかからきこえてきたのが、耳もやぶれんばかりのベルの音。

「しまった。さとられたかな！」

と、舌うちしたのは海野青年だ。

「ようし、こうなったらしかたがない。おまわりさん、思いきってのりこんでみようじゃありませんか！」

「きみはそういうが、この家に悪者がかくれているというのはほんとうかな。ここは長いあいだあき家になっていて、だれも住んでいる者はないはずだ。うかつなまねをして、あとで世間から非難されても困るからな」

人権問題を考えて、巡査部長がしりごみするのもむりはなかった。海野青年は力づけるように、

「だいじょうぶですよ。おまわりさん、悪者がこの家へはいるところを見たんです」

「そのとおりです。それにおまわりさんはこの家をあき家だとおっしゃったが、悪者がベルを押すと、とても背の高いのっぽの男がなかからでてきて、門をひらきましたよ」

邦雄もそばから息をはずませてことばをそえた。

巡査部長はそれでもまだ、決心がつきかねるようすだったが、そのときだった。とつぜん家のなかからきこえてきたのはピストルの音。それにつづいて、なんとも恐ろしい、怒りにみちた叫び声……。

それをきくと邦雄と海野清彦青年は、思わずハッと顔を見合わせた。

「アッ、海野さん、あれは怪獣男爵の声じゃありませんか！」

そのことばもおわらぬうちに、またしてもピストルの音にまじってきこえてきたのは、

「うおう！」

ひとともけだものともわからぬ怪物の声である。

「ああ、やっぱり怪獣男爵が、この家にかくれているのだ！」

「怪獣男爵ですって？　それじゃ怪獣男爵は、まだこんなところにかくれているんですか？」

巡査部長も昨夜のさわぎを知っているから、怪獣男爵ときくと青くなってしまった。

「そうです、いまの声はたしかに怪獣男爵です。アッ、あの声はなんだ！」

思わず立ちすくんだ一同の耳に、つづけさまにきこえてきたのは、ズドン、ズドンとめちゃくちゃにぶっぱなすピストルの音、それにつづいて、

「ヒイッ！」

と、世にも恐ろしい悲鳴がきこえてきたが、それと同時に物音はぴったりやんで、あとは墓場のようなさびしいしずけさとかわった。

「なんだ。いまの悲鳴は……」

さすがの巡査部長もまっさおである。

「とにかく、なかへはいってみよう。なにか、また恐ろしいことがあったにちがいない」

海野青年と邦雄は、先に立って、玄関からなかへとびこんだ。それを見ては警官たちもさすがにしりごみしているわけにはいかない。片手にピストル、片手に懐中電燈を照らしながら、みんなそのあとからつづいていった。

さっきもいったように、玄関のなかは暗いホール、それから曲がりくねった長いろうか。そのろうかをすすんでいくと、間もなく暗がりのなかからきこえてきたのは、なんともいえぬみょうな声だった。

「くっくっくっ、くっくっく……」

泣いているのか、笑っているのか、しのびやかなひとの声。一同は懐中電燈の光のなかで、気味悪そうに顔を見合わせたが、

「とにかく、あの声をたよりにいってみましょう」

やがて一同がたどりついたのは、さっき怪人対怪物のあいだに、取引が行われていたへやだった。あの気味の悪い声は、そのへやからきこえてくるのだ。

「だれだ、そこにいるのは？」

巡査部長が声をはずませてたずねたが、返事はなくて、きこえてくるのは、

「くっくっくっ、くっくっくっ……」

ああ、もうまちがいない。その声はたしかに笑っているのだ。だれかが暗やみのなかで笑っているのである。

それに気がつくと一同は、あまりの気味悪さに、思わずそこに立ちすくんだが、やがて海野青年が勇気をふるってドアをひらき、電燈をつけた。

「だれだ、そこにいるのは！」

と声をかけながらあたりを見まわしたが、そのとたん、一同は思わずアッと息をのみこまずにはいられなかった。

へやのなかにはしょうきひげの大男が、片手にピストルを持ったまま大の字になってふんぞりかえっている。見るとそのひたいがザクロのようにさけて、そこから恐ろしい血が吹きだしているではないか。そしてその死体のそばに落ちているのは、血に染まったあのにせものの燭台なのだった。

それにしても、あの笑い声は……と、へやのなかを見回した一同が、またもやアッと息をのんだのもむりはなかった。宙にぶらさげられたオリのなかに、女がひとり、髪ふりみだして、くっくっと笑っているのだ。それはあの、黒衣の女のカオルだった。オリのなかにとじこめられたかの女は、気が狂ったのだろう、世にも恐ろしいその場のようすを見おろしながら、

「くっくっくっ、くっくっくっ……」

と、とめどもなく笑いころげているのである。

怪獣男爵やあの小男、それに小夜子の姿は、もうどこにも見あたらなかった。

狂った黒衣の女

邦雄は恐ろしそうに、その場のようすをながめていたが、ふと、床に落ちている燭台を見つけると、

「アッ、あんなところに黄金の燭台が……！」

と、あわててそれをひろいあげたが、すぐそれがにせものであることに気づいた。

「ああ、それじゃ金田一先生が、にせものの燭台をこしらえて、それをわざと大事そうに、警視庁の金庫にしまっておいたんですね」

海野青年もうなずいて、

「うん、きっとそうにちがいない。それを知らないでこいつが盗みだし、ここへ持ってきたところが、にせものだということがわかったので、怪獣男爵がおこって、こいつをなぐり殺したにちがいない」

「しかし、海野さん、こいつはなんだって燭台を、怪獣男爵のところへ持ってきたんです？」

「邦雄くん、あのオリのなかにはきっと、小夜子さんがとじこめられていたにちがいないよ。こいつは燭台と小夜子さんを、とりかえにきたんじゃないかな」

そのオリのなかでは、いま黒衣の女のカオルが、気が狂ってあばれまわっているのだ。

そして、そのオリをおろそうとして、警官たちがやっきになって、へやのなかを動きまわっている。邦雄は気味悪そうにそのほうから目をそらすと、床の上に倒れている、しょうきひげの顔を見たが、

「アッ、海野さん、こいつです。鷲の巣燈台の灯を消して、古川のおじさんを殺し、日月丸を沈没させたのは……！」

と、思わず叫び声をあげた。

ああ、忘れようとして忘れることができぬ悪漢、あのやさしい燈台守、古川のおじさんを殺した男。――邦雄は東京へ帰るまえ、古川謙三の墓にまいって、かたく復讐を誓ったのだが、いまそのかたきは死体となって、目のまえに横たわっているのである。

野々村邦雄は目をとじて、おじさんのために、長いお祈りをささげた。

海野青年はその肩をたたいて、

「邦雄くん、こいつは悪いやつだったよ。ぼくと小夜子さんがイタリアから、はじめて日本へ帰ってきたとき、汽船のなかへしのびこみ、博多の沖でぼくを海へ投げこみ、小夜子さんをさらって逃げたのはこいつなんだ！」

「海野さん、いったいこれはだれなんです。なんだって小夜子さんや、黄金の燭台をねらっているんです？」

海野青年はそれをきくと、ひざまずいて男の顔から、しょうきひげをむしりとった。

ああなんと、そのひげはつけひげだったではないか。

「見たまえ。これは玉虫元侯爵のおいなんだよ。名まえは猛人というんだ」

「でも、そのひとがなんだって……？」

「それはね、玉虫老人はとてもお金持ちなんだ。しかも身寄りといっては小夜子さんと猛人しかいない。だから小夜子さんが死んでしまえば、財産はみんなこいつのものになるんだ」

「ああ、それじゃ財産を横取りするために、小夜子さんを殺そうとしたんですね」

「そうだ、そうだ」

「しかし、燭台をねらっているのは？」

「それはね。あの燭台には小夜子さんの指紋がついているだろう。その指紋いがいに小夜子さんは、自分の身もとを証明するしょうこが、ひとつもないんだ。だから燭台さえなくしてしまえば、たとえ小夜子さんが玉虫老人のところへ帰ってきても、しょうこがないから、にせ者だといって追っぱらうつもりだったんだ。だから、燭台か小夜子さんか、どちらかをなくなそうとしていたんだよ」

「それでこいつが、小夜子さんや黄金の燭台をねらっていたわけがわかりました。しかし、海野さん。怪獣男爵はなんだって、あの燭台をねらっているのでしょう。あいつはべつに、玉虫老人と関係があるわけじゃないでしょう？」

「ああ、そのことだよ。それればかりはぼくにもわからない。怪獣男爵や義足の倉田、それからやぶにらみの恩田たちは、どういうわけで、黄金の燭台をねらっているのか……？」

海野青年はふしぎそうに首をかしげたが、そのときやっと警官たちは、宙にぶらさげられたオリを床の上におろした。

そして、オリのなかから黒衣の女をひきずりだしたが、気の狂ったかの女は、ただゲラゲラと笑いころげるばかりで、なにをきかれてもとりとめがない。

邦雄は気味悪そうに、その顔を見つめていたが、きゅうに息をのむと、

「アッ、海野さん、ぼくはこのひとを知っていますよ。いつか新幹線のなかで、ぼくに眠り薬を飲ませて、にせものの燭台をうばっていったのはこのひとなんです！」

「なるほど、この女は猛人の手先に使われていたんだね。そして女のくせに悪事の手伝いをしていたんだろう。しかし悪いことはできないものだ。猛人は殺され、このひとはとうとう気が狂ってしまった。おそらくかの女は、死ぬまで、病気がなおるようなことはあるまい」

海野青年は気のどくそうにつぶやいたが、そのときだった。

「アッ、こんなところに変なはり紙がしてありますよ」

と、オリのなかから叫んだのは、ひとりの警官だった。

その声に邦雄と海野青年が、オリのなかをのぞいてみると、そこには一メートル四方もあろうかという、大きな紙がはってあって、その上にすみ黒々と、こんなことが書い

てあるではないか。


金田一耕助よ。

きたる十三日金曜日の夜八時、ほんものの黄金の燭台を持って、いま、蔵前にて興行ちゅうのオリオン・サーカスの特別席へこい。そうすれば燭台とひきかえに小夜子を渡してやろう。

もしこの命令にしたがわなければ、小夜子の命はないものと思え。

怪　獣　男　爵

それを見ると海野青年と邦雄は、思わず顔を見合わせた。

ああ、いよいよ怪獣男爵のほうから、戦いをいどんできたのである。

奇怪なピエロ

それはさておき、怪獣男爵のいっているオリオン・サーカスについて、ここでちょっと説明しておこう。

そのころ、東京じゅうの少年少女は大さわぎをしていた。それというのがアメリカからオリオン・サーカスという大曲馬団《だいきょくばだん》がやってきたからなのだ。

新聞の伝えるところによると、こんどきたオリオン・サーカスというのは、いままで日本で見たこともないような、大仕掛けなものだというので評判だった。ゾウだけでも十何頭というほかに、ライオン、トラ、ヒョウ、チンパンジー、ゴリラ、クマ、アザラシ、ワニ、ニシキヘビ、その他さまざまなめずらしい鳥や動物がいて、まるで動物園みたいだというのだから、子どもたちがむちゅうになったのもむりはなかった。

オリオン・サーカスは汽船を一そう借りきって、日本へ着くと、すぐ東京の蔵前《くらまえ》で興《こう》行《ぎょう》をはじめたが、まいにちたいへんな人気だった。それというのが仕掛けが大げさばかりではなく、このサーカスの芸人のなかに、アメリカ生まれの日本人、つまり二世がたくさんまじっていたからである。

このサーカスを利用して、小夜子と黄金の燭台を、とりかえようというのだから、警視庁がサッとばかりに緊張したことはいうまでもない。ひょっとすると、サーカスの団員のなかに、怪獣男爵や小男の音丸が、まぎれこんでいるのではないだろうか……。

そこで、サーカスの団員たち、ことにアメリカ生まれの二世たちは、警視庁から厳重にとり調べをうけたが、べつに怪しいふしはなかった。

みんな近ごろアメリカから、やってきたひとたちばかりだから、怪獣男爵と関係のあるような人間はいなかったのだ。

こうしていよいよ問題の十三日、金曜日の夜がやってきた。

蔵前にたてられたお城のような大テントは、きょうも大入り満員である。その満員の特別席、貸し切りボックスのなかに、金田一耕助は夕方からおさまっていた。例によってよれよれの着物によれよれのはかま、もじゃもじゃ頭をかきみだしたまま、いちばんまえの席に腰をおろしているのだが、緊張しきっているせいか、身動きひとつしない。そばには等々力警部が私服のまま、これまた緊張した顔でひかえていた。

むろん、この貸し切りボックスの近くには、私服の刑事が見物人に化けてまぎれこんでいるのだが、ふしぎなことには、邦雄と海野青年の姿は、どこにも見えなかった。

さて、めずらしい曲芸や曲馬のかずかずがくりひろげられて、しだいに八時に近くなってきた。見物席にまぎれこんだ刑事たちは、怪獣男爵があらわれるのを、手に汗にぎって待ちかまえていたが、ちょうどそのころ楽屋では、ちょっとみょうなことが起こっていた。

このオリオン・サーカスの楽屋というのは、テントが別になっていて、そこに、クサリにつながれたゾウや、オリにいれられた動物が、たくさんひしめいているのだ。

ところが八時ちょっとまえ、この動物テントのなかへ、小男のピエロがはいってきた。水玉模様のダブダブ服に、おしろいをまっ白にぬり、ほっぺたにダイヤだの、ハートだのを、べたべたとかいているので、どんな顔をしているのか、さっぱりわからない。

ピエロはゾウやウマのつないであるところをぬって、やってきたのはゴリラのオリのまえ。そこまでくるとピエロは、ふと立ちどまってあたりを見回した。しかし、動物テントのなかには、ほの暗い電球がぶらさがっているだけで、どこにも人影は見あたらない。

小男のピエロは、ニヤリと白い歯をむきだして笑うと、トントンとゴリラのオリをたたいた。すると、いままでうずくまっていたゴリラが、むっくりと顔をあげると、なんと、人間のように口をきいたではないか。

「おお、音丸か。どうだ、ぐあいは……？」

そういう声はまぎれもなく怪獣男爵！　ああ、怪獣男爵はゴリラの皮をかぶって、こんなところにかくれていたのである。

「男爵さま、金田一のやつは、たしかに特別席にきております」

そのピエロが音丸三平であることは、いうまでもなかった。

「そうか。そして、例のものを持ってきているようすか？」

「はい、いっしょにいる等々力警部が、黒いカバンを持っていますから、きっとあのなかに、黄金の燭台があるのでしょう」

「よしよし、しかし、カバンのなかにはいっていちゃまずいな。なんとかして、カバンからださせるくふうをしなきゃ……」

怪獣男爵はちょっと考えていたが、

「まあ、いい、それはなんとかくふうをしよう。それより小夜子をひきずりだせ！」

「ハッ！」

小男の音丸は、うやうやしくおじぎをすると、隣のオリをひらいた。そのオリにも小さなゴリラが寝ているのだが、小男はそのゴリラをひきずりだすと、皮をむくように、ゴリラの衣装をぬがせた。すると、どうだろう、なかからでてきたのは、軽業師《かるわざし》のように肉じゅばんを着た小夜子ではないか。

小夜子はいぜんとして眠り薬がきいているらしく、こんこんと眠っている。怪獣男爵はそれを見て、

「おい、目かくしをさせておいてやれ。もし、気がついて目をまわすとかわいそうだ」

「ハッ」

小男はポケットから、紫色の細長いきれをだすと、小夜子に目かくしをしたが、そのときテントの入り口から、だれかがはいってくるようすに、あわてて小夜子をオリのうしろへひきずりこんだ。

そこはちょうど、ライオンのオリのまえで、オリのなかには二頭のライオンが眠っていたが、ひとのけはいにムックリと頭をもたげた。

「あっはっはっ、おい、ライオンや、しばらくこの子の番をしていておくれよ」

小男はクックッと笑いながら、ゴリラのオリのまえへでたが、そこへ見回り刑事のひとりがやってきた。

「アッ、き、きみはそんなところでなにをしているんだ？」

「いいえ、なに、こんどはゴリラの曲芸なんで、こいつを連れにきたんです」

小男はわざと、かたことの日本語でいった。

「そんならいいが……べつにかわったことはなかったか？」

「いえ、べつに、なにも……」

刑事はなにも気がつかず、そのまま動物テントをでていった。そのうしろ姿を見送って、

「ああ、びっくりさせやあがった。小夜子が目をさまして、声をたてたらどうしようと、ビクビクしましたぜ」

小男はライオンのオリのまえへやってくると、

「あっはっはっ、ライオンや、よくこの子の番をしていてくれたな、礼をいうぜ」

と、いいながら、目かくしされた少女のからだを、軽々と抱きあげた。オリのなかからそのようすを、一頭のライオンがふしぎそうに見守っている。

怪物と少女

特別席ではあいかわらず、金田一耕助と等々力警部のふたりが、不安そうにカバンをかかえて、そろそろとあたりを見回していた。

腕時計を見ると八時ジャスト。いったい怪獣男爵は、どこからやってくるのだろうと、キョロキョロ場内を見回していたが、そのときだった。大テントのなかの電燈という電燈が、いっせいに消えてまっ暗やみになってしまったのだ。等々力警部はすわこそと、必死となってカバンを抱きしめた。

それにしてもふしぎなのは金田一耕助で、電球が消えても口もきかず、身動きさえもしないのである。あまりの緊張のために、からだがしゃちほこばってしまったとでもいうのだろうか。

場内は、たちまち大さわぎになったが、そのとき、まっ暗がりの場内にとどろきわたったのは、世にも気味の悪い声だった。

「金田一耕助……金田一耕助……！」

まさしくそれは怪獣男爵の声なのだ。それをきくと見物人はピタリと鳴りをしずめて、場内はしーんとしずまりかえってしまった。

と、そのしずけさのなかに、また怪獣男爵の声がとどろきわたった。

「金田一耕助、等々力警部。約束どおり小夜子を連れてきたぞ、そちらも黄金の燭台をカバンからだして、まえの手すりの上におけ。いいか、手すりの上におくのだぞ！」

等々力警部はそれをきくと、不安そうにもじもじとからだを動かした。どこから怪獣男爵の声がきこえたのか、見当がつかないからである。

「警部どの」

「よし、手くばりをしろ」

「はっ！」

ばらばらとやみのなかを散っていく、刑事の足音がしたが、そのときだった。だしぬけにパッと明かりがついたが、そのとたん、等々力警部は思わずアッと息をのんだのだった。

お城のような大テントの天じょうには、丸太がじゅうおうに張り渡されて、そこから五つ六つ、ブランコがぶらさがっている。そのブランコの一つに、ゆう然と腰をおろしているのは怪獣男爵ではないか。

怪獣男爵はいつのまにか、マントとシルクハットに着がえ、しかも片手に、肉じゅばんの少女を抱いているのだ。

「ワッ、怪獣男爵があらわれたぞ!」

と、見物人が恐れおののくのを、怪獣男爵はせせら笑って、

「しずかにしろ! 変なまねをすると、この子を下へ突き落とすぞ!」

それをきくと見物人はハッと息をのみこんだ。ブランコから下は数十メートル、突き落とされたら命はない。見物人がしずまったのを見ると、怪獣男爵は声をはずませ、

「金田一耕助、黄金の燭台を早くまえの手すりにのせろ!」

金田一耕助はいぜんとして、身動きをしない。

等々力警部はソワソワと、あたりを見回していたが、そのときどこからかきこえてきたのは合図のような口笛だった。警部はそれをきくとにっこり笑って、足もとにあったカバンのなかから、燭台をとりだすと、それを手すりの上においた。

「あっはっは、やっと決心がついたな。それじゃちょうだいするぞ」

怪獣男爵がそういいながら、とりだしたのは丸く輪にした綱だった。綱の輪を少女を

抱いた左腕にかけると、右手に綱の端をにぎって、クルクルと宙にふる。

ああ、わかった。怪獣男爵はアメリカのカウ・ボーイのやる投げ縄で、黄金の燭台をつりあげようとしているのだ。

キリキリキリ、キリキリキリキリ……怪獣男爵の頭の上で、綱の端が水車のようにまわっていたが、やがてサッと綱がとんだかと思うと、丸く輪にした綱の先が、がっきと燭台にまきついたではないか。

満場の見物人が思わずドッとどよめいた。怪獣男爵は綱をたぐって、スルスルスルと手もとにひきよせた。やがて燭台はつりあげられたが、それを手にとって一目見たかと思うと、なんともいえぬ怒りの叫びが、怪獣男爵の唇からもれた。

「うぬ、金田一耕助、まだこのおれをばかにするつもりか。このようなにせものはいらん！」

と、ハッシと燭台をたたきつけると、腰からとりだした一ちょうのピストル。怒りのあまりズドンとぶっぱなしたが、ねらいはあやまたず、みごと金田一耕助の胸に命中した。そして金田一耕助はものもいわずに、いすからすべり落ちた。

それを見るより、見物人のなかにかくれていた私服の刑事が、いっせいに立ちあがったが、そのとき、テントのなかではたいへんなことが起こっていたのである。

「ワッ、た、たいへんだ。だれかがオリをあけたと見えて、ライオンが逃げだしたぞ。ワニとニシキヘビも逃げだした！」

楽屋のほうからきこえる声に、さあ、たいへん、見物人たちはワッと総立ちになり、サーカスのなかは上を下への大そうどうになった。

怪獣男爵の逃亡

じっさい、その晩から翌朝へかけての、下谷《したや》から浅草、神田、さらに隅田川を渡った本所《ほんじょ》から深川《ふかがわ》へかけてのさわぎはたいへんなものだった。

ライオンだけなら、陸の上だけ警戒すればいいのだが、ワニとニシキヘビがいるのだから、水のなかとてもゆだんはならない。いや水のなかほど危険が多いわけだが、本所や深川は川や堀がたくさんあるから、ひとびとはもうふるえあがって、生きた心地もなかった。

自衛隊や機動隊は出動するし、どの町でも自警団を組織して、青年たちが手に手にこん棒をひっさげて、徹夜で番をするというさわぎなのである。

そうなると、また、枯尾花がゆうれいに見えるようなもので、やれ、どこそこの堀を、ワニらしいものが泳いで渡っていたの、やれ、どこそこの森の木のてっぺんを、ニシキヘビがのたくっていたのと、いろいろ、デマがとぶものだから、ひとびとはせんせんきょうきょう。さわぎはいよいよ大きくなるばかりだった。

こうして不安な一夜は明けたが、さいわい、ワニのほうは翌朝早く見つかって、機動隊に射殺された。それから、ニシキヘビのほうは、サーカスの者につかまって、無事にオリに帰った。しかし、ライオンだけはどうしたものか、いつまでたっても見つからなかった。

ところが、あとでわかったところによると、見つからないのもあたりまえだった。ライオンが逃げたというのは、まちがいだったことがわかったのだ。

それでは、どうしてそういうまちがいが起こったかというと、それはこういうわけだった。

怪獣男爵と小夜子がゴリラに化けて、かくれていたオリのそばに、ライオンのオリがあったということは、まえにも書いておいた。

また小男の音丸が、警官の足音をきいて、眠っている小夜子のからだを、ライオンのオリのまえにかくしたところが、オリのなかのライオンが、ふしぎそうに見ていたということも、そのとき書きそえておいたから、きみたちもよく覚えていることだろう。

ところが、あのさわぎが起こったとき、そのオリもからっぽになっていたので、さてこそ、ワニや、ニシキヘビといっしょに、二頭のライオンも、逃げだしたのにちがいないと思って、さわぎはいよいよ大きくなったのだが、あとになって、よくよく調べて見ると、動物のテントのかたすみに、一頭のライオンの皮がぬぎ捨ててあったのである。

そうすると、オリをぬけだしたライオンを、だれかが殺して、皮をはいだのだろうか。

いやいや、そんなことは考えられない。第一、その皮には血もついていないし、それに、そんなに新しい皮ではないのだ。

してみると、あのとき、オリのなかにいた二頭のライオンのうち、少なくとも一頭だけは、ほんとうのライオンではなく、ライオンの皮をかぶった何者か……つまり人間だったということになりそうである。

そうすると、いかに度胸のよいひとでも、ほんもののライオンと、おなじオリのなかにいられるはずがないから、もう一頭のライオンも、やっぱりライオンの皮をかぶった人間だったのではないだろうか。そうだ。きっとそうなのだ。

つまり、あのときオリのなかにいたライオンは、二頭とも、ライオンの皮をかぶった、人間だったにちがいないのだ。

しかし、そうすると、そのライオンの皮をかぶった人間は、そののちどうしたのだろうか。

ぬぎ捨ててあった皮は一頭だけだったから、ひょっとすると、あとの一頭はまだ、ライオンの皮をかぶったまま、うろついているのではあるまいか。

しかし、そのことはもう少しあとで説明することにして、ここでは、話をもとへもどして、あの大さわぎの起こったときのことから、筆をすすめていくことにしよう。

怪獣男爵の出現だけでも、みんながふるえあがっているところへ、なおそのうえに、ライオンやニシキヘビが、逃げだしたというのだから、オリオン・サーカスのなかは上を下への大そうどうだった。われがちにと逃げまどうひとびとの群れが、テントのなかで押しあい、へしあい、それこそ、イモをあらうような大混雑になったから、そのために、かねて手はずのしてあった、警官たちの活動が、すっかりさまたげられてしまった。

怪獣男爵にとってはそれがなにより、もっけのさいわいだった。人質にとった小夜子のからだを抱いたまま、ブランコからブランコ、丸太から丸太へと、身軽にとびまわっていたが、やがて、柱を伝ってスルスルスルスル、地上におりてきたから、

「それ、怪獣男爵がおりてきたぞ！」

「つかまえるんだ！　逃がしちゃならんぞ。手におえなければ発砲してもかまわん！」

等々力警部は声をからして叫んだ。

しかし、なにしろ逃げまどう見物人たちのために、あいだをへだてられて、そばへ寄ることができない。発砲してもよいといったところで、この大混乱のなかでうっかりそんなことをすると、たいへんなことになる。

こうして、警官たちがまごまごしているあいだに、怪獣男爵は小夜子を抱いたまま、サーカスのテントから外へとびだした。

「それ、怪獣男爵が外へ逃げたぞ！」

「追っかけるんだ。逃がすな！」

警官たちはやっきとなって叫んだが、テントの外も、テントのなかとおなじように、イモをあらうような大混乱である。

サーカスのワニやニシキヘビが、逃げだしたといううわさは、すでに近所いったいに

伝わっていたから、恐怖のためにわれを忘れたひとびとが、わけもわからず、暗い夜道を、右往左往するばかり。怪獣男爵にとって、こんなつごうのよいことはなかった。

やみからやみへ、ひとごみからひとごみへと、たくみにぬって、怪獣男爵はとうとう、警官たちの手から逃げ去ってしまったのだった。

ああ、それにしても、怪獣男爵にねらいうたれた金田一耕助は、ほんとうに死んでしまったのだろうか。

ライオンとゴリラ

さて、ここはオリオン・サーカスがテントを張っている蔵前から、ほど遠からぬところにあるお廐河岸《うまやがし》である。

もう夜がふけているので、広い隅田川の上はまっ暗だった。水にうつる両岸の灯もさびしく、おりおり、川の中心を通るランチが、波のうねりをあげている。そのお廐河岸のがけ下に、さっきから、小さなランチが一そうとまっていたが、そこへ、石段をすべるようにおりてきたのは、いわずとしれた怪獣男爵だ。小わきにはあいかわらず、小夜子のからだをかかえていた。

男爵の足音をきいて、あわててランチのなかから顔をだしたのはピエロ姿の小男だった。

まだ、ピエロの姿のままで、顔いちめんにおしろいをぬり、ほっぺたに、ダイヤだの、ハートだのがかいてある。

「男爵さま、お待ちしておりました」

「おお、音丸か、小夜子をうけとってくれ」

「はい」

小夜子はまだ目かくしをされたまま、ぐったりと眠りこけていた。きっと怪獣男爵に飲まされた薬が、きいているのだろう。

小男が小夜子を抱きとると、怪獣男爵も、すぐにランチのなかへとびこんだ。

小男は小夜子のからだをソファに寝かせると、怪獣男爵のほうへふりかえり、

「おお、男爵さま、ひどいほこりですね。じっとしていらっしゃい。わたしがはらってあげましょう」

「うん、なにしろ、やじうまがうじゃうじゃするなかを、やっとの思いで逃げだしてきたのだからな。そうそう、さっきのサーカスのオリから猛獣たちを追いだしたのはおまえか？」

「はい、男爵さまの逃亡をお助けしようと思いまして……」

「いや、よく気がついた。おかげでおれも無事に逃げられたというものだ」

「しかし、ふしぎなことがあります」

「なにがふしぎだ？」

「わたしがオリから追いだしたのは、ワニとニシキヘビだけなんです。ライオンのやつはどうして逃げたのでしょう？」

「なに、だれかがあわててオリの戸をひらいたのだろう。そんなことはどうでもいいさ。おかげでおれが無事に逃げられたのだから」

「ほんとうにさようでございます」

小男はかいがいしく、怪獣男爵のほこりをはらってやりながら、

「ときに、黄金の燭台はどうなさいました？」

「そのことよ。金田一耕助のやつめ、わしににせものをつかませおった」

「にせものを……」

「そうだ。わしもあまり腹がたったから、一発のもとにうち殺してやった」

「それはよい気味でございました。金田一耕助もばかなやつでございますね」

「そうよ。わしもあいつがあんなばかとは知らなんだ」

「しかし、黄金の燭台が手にはいらなかったのは、残念でございますな」

「うん、しかし、こっちは小夜子という、人質がとってあるのだから、いまにきっと手にいれて見せるわ」

「男爵さま、そのときにはわたしにも、ごほうびをくださいませ」

「よいとも、よいとも、あの黄金の燭台さえ手にはいったら、たちまち大金持ちになるんだからな。おまえにも、たくさんほうびをやるよ」

「なにとぞお願いいたします」

怪獣男爵は小男の顔を見て、

「音丸、おまえ、どうしたのだ。少し声が変じゃないか？」

「はい、かぜをひいたのか、のどが痛くてしようがありません」

「そうか、それじゃ、音丸、追っ手に見つかっちゃめんどうだ。早くランチをやれ」

「ハッ！」

運転台にすわった小男が、ハンドルをにぎると間もなく、
ダ、ダ、ダ、ダ、ダ！
はげしくエンジンが鳴りだしたが、やがてランチは、怪獣男爵と小男、それから眠りこけている小夜子の三人をのせ、隅田川の下流めざして、いっさんに走りだした。

それにしてもふしぎなのは、いまの怪獣男爵と、小男の会話である。

あの黄金の燭台が手にはいったら、大金持ちになれるというのは、いったい、どういう意味なのだろうか。

なるほど、あの燭台は黄金メッキがしてあるのだから、そうとうの値うちがあることはまちがいはないが、大金持ちになれるというほどのものではない。ひょっとすると、あの黄金の燭台には、なにかしら、だれも知らない秘密があるのではないだろうか。

それはさておき、怪獣男爵のランチが、お廏河岸をはなれたときだった。

隅田川の中心や、むこう河岸にうろうろしていた五、六隻のランチが、それを追うよ

うに、下流めざして、いっせいに走りだした。

見るとそれらのランチには、みんないかめしい武装警官たちがのっている。

その警官たちにまじって、海野青年や野々村邦雄少年ものっていた。ふたりはジッと前方をにらんでいたが、やがて、邦雄が心配そうにいった。

「ねえ、海野さん、金田一先生はだいじょうぶでしょうか？」

と、なんだか武者ぶるいするような口ぶりである。

「だいじょうぶだよ。そばには、あのひとがついているのだから」

海野青年はしいて平気らしく答えたが、それでもなんとなく、不安そうな声だった。

「しかし、怪獣男爵というやつは、とても凶暴なやつですし、それに、ゴリラみたいに腕力の強いやつですから」

「いかに凶暴なやつでも、不意をつかれたらたまらないさ。それにすでじゃあねえ」

「それはそうですけれど、あのひと、うまくやってくれるかしら。もし、あのひとがやりそこなったら、たいへんなことになりますよ」

「だいじょうぶだよ、邦雄くん。あのひとは手品師で、とても指先が器用だというから、そんなことは平ちゃらさ」

邦雄も海野青年も、それきりだまりこんで、心配そうに前方をいくランチをにらんでいる。

それにしても、いまのふたりの会話には、いったいどういう意味があるのだろうか。

　ふたりが金田一耕助の殺されたことを、まだ知らないのもむりはないとしても、あのひい、とはいったいだれのことか。また、手品師だから、指先が器用だというのはどういうわけなのだろう。

　それはさておき、こちらは怪獣男爵である。

　こんこんと眠っている小夜子のそばをはなれて、ランチの後尾へやってくると、なにげなく外をのぞいたが、とつぜん、ギクンととびあがった。

「しまった！　音丸、つけられたぞ！」

　怪獣男爵がおどろいたのもむりはない。

　男爵のランチの背後から、五、六隻のランチが、糸でつながれたようについてくるのだ。しかも、下流へすすむにしたがって、追跡のランチはしだいに数をまし、いまや怪獣男爵のランチは、完全にほういされつつあった。

「しまった、しまった。ちくしょう、やられた。おい、音丸、フル・スピードだ。なんでもいいから東京湾へでてしまえ！」

　怪獣男爵はやっきとなって叫んだ。

　しかし、これはいったいどうしたのだろうか。いつもはあんなに忠実に、男爵の命令にしたがう音丸だのに、今夜にかぎって、男爵があせればあせるほど、しだいにスピードをおとして、やがてランチはぴったり、とまってしまったではないか。

　おどろいたのは怪獣男爵である。

「これ、音丸、ど、どうしたのだ。きさま、気でも狂ったのか！」

怒り狂った怪獣男爵は、ものすごい顔をして音丸のほうをふりかえったが、そのとたん、サッと髪の毛がさか立つような恐怖にうたれた。

怪獣男爵がおどろいたのもむりはない。

いつのまにのりこんだのか、ランチのなかには、ライオンが一頭うずくまっていて、ランランたる目を光らせながら、ジッとこちらをにらんでいるではないか。

怪人対巨人

怪獣男爵がいかに凶暴とはいえ、ほんとうのゴリラではないから、とてもライオンにはかなうわけがない。

舌の根がつりあがるような、恐怖に身をふるわせながら、ジッとライオンとにらみあっていたが、やがて、ライオンが、ウウウと低くうなりながら、ノソリと一足ふみだした。

そのとたん、ハッと正気にかえった怪獣男爵は、腰のピストルをとるより早く、やつぎばやにひきがねを引いたが、これはいったいどうしたことだろう。ただ、カチカチと音がするばかりで、たまは一発もとびださない。

「ワッ、こ、これはどうしたんだ！」

さすがの怪獣男爵も、まっさおになったが、そのとき、ライオンはまたウウウと低くうなりながら、のっそりとまえへふみだしてくるではないか。

「ちくしょう、音丸、きさま、なにをぼんやりしているんだ。ライオンだ、ライオンだ、ワッ、助けてくれ！」

怪獣男爵は必死となって、助けを求めながら、むちゅうでピストルをふりまわしていたが、そのとき、なんともいえぬへんてこなことが起こったのだ。

「わっはっはっ、わっはっは！」

とつぜん、ライオンが人間の声で笑いだしたではないか。おどろいた怪獣男爵は、ギョッとして一歩あとずさりをした。

「な、な、なんだい、こりゃ……」

「あっはっは、さすがの怪獣男爵も、どぎもをぬかれましたね」

「な、な、なにを！」

「まあまあ、ピストルをふりまわすのはおよしなさい。そのピストルにはたまがこめてないのですから」

ああ、とうとう、ライオンが人間のように口をきいたのである。

はじめのうち、怪獣男爵は自分の耳をうたがった。あっけにとられて、ライオンの姿を見つめていたが、やがて、しだいにほんとうのことがわかってきたのだろう。のどの奥でくっくっと笑いながら、

「なんだ、ほんもののライオンじゃなかったのか。おどろかせやあがる。しかし、きさまは何者だ。……と、きくまでもない。どうせ、警察の者だろうが……」

「あっはっは、いや、警察の者じゃありませんが、まあ、それに近い者です。男爵、わたしですよ」

いままで四つんばいになっていたライオンが、すっくとばかり立ちあがると、ライオンの頭をうしろにはねのけて、ぬいぐるみのなかから、ぬうっと顔をだした。

その顔を見たときの怪獣男爵のおどろきようといったら！ まるでうしろにひっくりかえらんばかりだった。

「や、や、や、き、き、きさまは金田一耕助！」

いかにもそれは、さっき怪獣男爵のために、一発のもとにうち殺されたはずの名探偵、金田一耕助なのだった。

「はっはっは、さよう、金田一耕助です。怪獣男爵、ごきげんいかが？」

「しかし、……しかし、……それじゃ、さっきのやつは？……おれが一発のもとにうち殺したのは……？」

「あっはっは、あれは人形ですよ。人形が身がわりになってくれたのですよ。それにしても、あの人形はよっぽど、うまくできていたと見えますね。怪獣男爵ほどのひとがまんまとひっかかったのですから」

男爵の目がサッと怒りに燃えあがった。おこるといよいよゴリラに似てくる。

金田一耕助はにこにこしながら、

「どうもぼくにはね、子どもらしいいたずら心があっていけないのですよ。人形を使ってあなたをだましたり、ライオンに化けてあなたをおどかしてみたり……あっはっは、しかし、このライオンには、あなたも、よっぽどおどろかれたようですね。お顔の色ったらありませんでしたよ」

金田一耕助にばかにされて、怪獣男爵の目に、またサッと殺気がほとばしった。

しかし、しいてそれをもみ消すと、

「金田一くん、負けたよ。完全な敗北だ。えらいね、きみは……まあ、そこへかけたまえ。そして、話してくれたまえ。こうも完全に、ぼくをやっつけたいきさつをさ」

怪獣男爵はそういいながら、ポケットから葉巻をとりだすと、ゆうゆうとそれに火をつけた。

「いや、そうおほめにあずかっちゃ恐縮ですね。で、なにからお話ししたらいいでしょう？」

怪人と巨人はこうしていま、いかにもうちとけたようすで話をしている。しかし、ふたりとも心中すこしのゆだんもないことは、いうまでもなかった。

金田一耕助は、キッとピストルを身がまえている。腕力ではとてもかなわない相手だからである。

「そうさね」

と、怪獣男爵はどっかりといすに腰をおろすと、さもうまそうに葉巻をすいながら、

「まず第一に、だれが、いつのまにわしのピストルから、たまを抜き取ったのか、……それから話してもらいたいね」

「ああ、そのことですか。それならそこにいるチビ助くん……」

「な、な、なに、音丸三平だと……？」

男爵の顔に、またサッと怒りの色が燃えあがった。

「そ、それじゃ音丸はわしをうらぎったのか……！」

「いや、まあまあ、男爵、話はしまいまできくものですよ。ほんものの音丸くんは、いまごろ警察の留置場《りゅうちじょう》にいるでしょうよ」

「えっ、音丸が……？」

さすがの男爵も顔色を失った。

「そ、それじゃそこにいるのは……？」

「替え玉ですよ。いや、このほうがほんものかもしれませんね。だって、あなたは音丸くんに顔をまっ白にぬらせて、オリオン・サーカスのピエロの替え玉に使ったでしょう。だから、わたしもあなたにならって、サーカスのピエロくんに頼んで、こんどは逆に、音丸くんの替え玉になってもらったんです」

「そうか、それじゃ音丸はつかまったのか？」

怪獣男爵は残念そうにうめき声をあげた。こういう悪者でも、音丸にだけは深い愛情

を持っているらしいのだ。

「そうですよ。お気のどくながらね。こういえばあなたも、いつ、だれがあなたのピストルからたまを抜き取ったのかおわかりでしょう。このひとはね、手品の名人で、とても指先が器用なんです。だから、さっき、あなたが小夜子さんを抱いて、ランチのなかへはいってこられたとき、洋服についたほこりを払うようなまねをして、すばやく、ピストルのたまを抜き取ったのです。あっはっは、男爵、あなたにしてはゆだんでしたね」

目をとじて、なにか考えながら、金田一耕助のことばに耳をかたむけていた怪獣男爵は、小夜子ということばをきくと、ふっと目をひらいて、ソファによりかかっている少女のほうへ目をやった。

少女はまだ目かくしをされたまま、ソファの上で、こんこんと眠りこけている。

金田一耕助は怪獣男爵の目つきに気がつくと、ニヤリと笑って、

「あっはっは、男爵、いけませんよ、そんなことをお考えになっちゃ……」

と、すばやく少女のまえに立ちふさがった。

「な、なに、わしがなにを考えていたと……？」

「あっはっは、おかくしになってはいけませんよ。あなたはいま、こんなことを考えていたでしょう。ああ、ここに小夜子がいる。これをおとりに使って、まだまだのがれる道はあるかもしれんと……ね」

「う、う、う……！」

図星をさされたと見えて、怪獣男爵は目を白黒させた、金田一耕助はおもしろそうに笑って、

「しかし、ねえ、怪獣男爵、それももうだめですよ。ここにいるのは小夜子さんではないのですからね」

「な、なに、そ、それが小夜子ではないと。ば、ばかな……！」

「あっはっは、おうたがいなら、いま正体を見せてあげましょう。妙子《たえこ》さん、ごくろうでした。もういいから、目かくしをとって、男爵に顔を見せてあげてください」

ああ、なんということだろう。いままでこんこんと眠っているとばかり思っていた少女が、にわかにむっくりソファの上に起きあがると、自分で目かくしをかなぐり捨てたが、一目その顔を見たとたん、

「あッ、お、おまえは……！」

と、怪獣男爵は思わず大きく目を見はったのだ。

木っぱみじん

それもそのはず、いまのいままで、小夜子だと思っていたのに、それは小夜子とは似ても似つかぬ少女だからだった。

しかも怪獣男爵は、その少女を知っていたのである。金田一耕助は、にこにこしなが

ら、

「あっはっは、覚えていらっしゃいましたね。これはいつかあなたが、鉄仮面をかぶせて小夜子さんの身がわりに、われわれにひき渡した少女ですよ。あなたはこの少女を、貧しいサーカスから連れてきたのでしたね。そこでわたしはまた、あなたのお知恵にならって、この少女妙子《たえこ》さんに、小夜子さんの身がわりになってもらったんです」

「しかし、……しかし……いつのまに……？」

怪獣男爵は、夢を見ているようなここちだった。

「あの動物テントのなかですよ」

「動物テントのなかで……？」

「ええ、そうです。あのときあなたと小夜子さんは、ゴリラに化けてオリのなかにはいっていきましたね。わたしはそれを知っていました。だから、そのとき、あなたをとらえようと思えばとらえることができたのです。しかし、あなたのそばには小夜子さんが、とらわれの身として、おなじオリのなかにいました。うっかり、あなたをおこらせると、どんなことになるかしれません。凶暴なあなたのことですから、小夜子さんをしめ殺してしまうかもしれないのです。そこにわれわれの苦心があったわけです」

「そんなことはどうでもいい。いつ、小夜子とこの子をとりかえたのだ！」

怪獣男爵はわれがねのような声で叫んだ。その声をきくと、少女妙子も、小男のピエロも、青くなってあとずさりした。

「あっはっは、男爵、いやにお急ぎですね。それじゃ、なるべく、手っとり早くお話ししましょう」

金田一耕助はあいかわらず、ゆだんなくピストルを身がまえながら、

「さて、あなたがたがかくれていた、ゴリラのオリのそばに、ライオンのオリがあったのを、覚えていらっしゃるでしょう。あのオリのなかにいたライオンというのがわれわれ、すなわち、妙子さんとぼくだったというわけです」

「う、う、う……！」

怪獣男爵はうめきながら、しかし、その目はゆだんなく、ランチの外をうかがっている。

しかし、怪獣男爵のランチの外には、いまや、十数隻《せき》という大舟小舟が、ズラリととりまいているのだ。

怪獣男爵は、いまやまったく、袋のなかのネズミもおなじだった。男爵はいかにもくやしそうに、歯をバリバリとかみならした。

「わたしたちは、なんとかして、小夜子さんを無事にとりもどそうと、あなたがたのすきをうかがっていたのです。ところが、おあつらえむきに、音丸くんが小夜子さんを、われわれのオリのまえにおいて立ち去ったではありませんか。このときとばかりに、わたしは小夜子さんと妙子さんをすりかえました。つまり、小夜子さんをライオンの皮のなかにかくし、いままでライオンの皮をかぶっていた妙子さんに目かくしをして、小夜

子さんの身がわりになってもらったのです」

怪獣男爵は葉巻をくわえたまま、ゆっくりいすから立ちあがった。

金田一耕助はゆだんなく、ピストルを身がまえながら、

「さて、こうして、ぶじに小夜子さんをとりかえしたので、ぼくはすぐにそのことを、見物席にいる等々力警部に知らせました。男爵、等々力警部は今夜、ほんものの燭台と、にせものの燭台と二つ用意していたんですよ。もし、小夜子さんをとりもどすことがで きなかったら、しかたないからそのときは、ほんものをお渡しするつもりだったんです。

ところが、ぼくが、小夜子さんをとりもどしたという合図をしたので、安心して、にせもののほうを、あなたに、渡すことにしたんです」

「う、う、う……」

怪獣男爵の唇から、いかにもくやしそうなうなり声がもれた。

「男爵、ほんとにおしいことをしましたね。あなたはもう少しのところで、ほんものの黄金の燭台を、手にいれることができるところだったんですよ。

それを、音丸くんのほんのわずかなゆだんから、にせものをつかまされることになったんです。

そこで、あなたは怒りにまかせて、一発のもとに、ぼくをうち殺そうとなすったが、あにはからんや、ぼくだと思ったのが、人形だったというわけですよ」

怪獣男爵は、もう完全にうち負かされたかっこうである。

怪人対巨人の勝負は、こうして完全に巨人の勝利となったわけだった。

「わかったよ、金田一くん」

怪獣男爵はすっかり、うちひしがれたようなかっこうでいった。

「どうやら、この勝負は、完全にわしの負けらしいね。で、どうすればいいのかね？」

「なに、なんでもありませんよ。われわれといっしょに、おとなしく、警視庁まできてくだされぱいいのですよ。

音丸くんも、先へいって待ってますからね」

警視庁ときくと、怪獣男爵の目が怪しく光った。

「いいや、金田一くん、まあ、ごめんこうむろう。わしはどうも、警視庁というやつは、虫がすかんのでね」

「それはそうでしょうが、もうこうなったら、しかたがありません。怪獣男爵、このランチをとりまく舟が、どういう舟だかよくご存じでしょう。逃げようたって、逃げることはできませんよ」

「ところが、わしは逃げるつもりだがね」

「どういうふうにして？」

「こういうふうにしてさ」

そのとたん、ランチが少しゆれた。

怪獣男爵はよろよろと、よろめいたかと思うと、手にした葉巻を、かべの一部に押しつけた。

と、とつぜん、かべの上からパチパチと、青白いほのおが燃えあがったかと思うと、導火線でも引いてあるのか、サッと、ひと筋の火が、かべの上を走りだしたではないか。

「あっはっは、金田一耕助、おれは警視庁へはいかないぞ。この舟といっしょに爆発して、木っぱみじんとなって死んでしまうのだ。しかし、ひとりで死ぬのはいやだ。きさまもいっしょに連れていくのだ！」

怪獣男爵は勝ちほこったような顔をして、大声をあげてわめきちらす。ああ、その顔の恐ろしさ、その声のものすごさ！

「あっ、しまった、いけない！」

金田一耕助はそう叫ぶと、妙子の手をとって、甲板へとびだした。

ハンドルをにぎっていたピエロは、すでに水のなかへとびこんでいる。

金田一耕助もそのあとから、妙子とともにとびこんだが、そのとたん、ランチのなかから、サッと一団の火が燃えあがったかと思うと、怪獣男爵をのっけたまま、ランチはまるで、ネズミ花火のように、水の上を走りだした。

「アッ、怪獣男爵が逃げるぞ！」

まわりに待っていたランチは、いっせいにあとを追跡したが、なにしろ、相手は炎々たるほのおにつつまれているのだから、うっかり、近寄ることはできない。

あれよ、あれよというちに、怪獣男爵をのせたランチは、ものの千メートルも走ったかと思うころ、ものすごい大音響とともに、木っぱみじんとなって、空中高く、青白いほのおとともに吹きあげられたのだった。

燭台の秘密

諸君、諸君は、悪はついに正義に勝たずということばを知っているだろう。

この物語がそれだった。

悪人たちはつぎからつぎへとほろんでいき、さいごにのこった、凶暴な怪獣男爵さえ、金田一耕助のまえに屈服したのである。

それはさておき、小夜子は無事に、玉虫老人のもとへ帰った。そのときの老人や小夜子の喜びが、どんなだったかは、きみたちのご想像におまかせしよう。

さて、それから一月ほどのちのこと、玉虫老人は小夜子の健康が回復するのを待って、こんどの事件で働いたひとびとを、お礼のために招待した。

招待されたのは、金田一耕助をはじめとして、野々村邦雄少年に海野青年、等々力警部に少女妙子もまじっていた。かわいそうなみなしごの妙子は、あれ以来、玉虫家にひきとられて、いまでは小夜子のお友だちとして、幸福に暮らしているのである。

さて、一同が食堂へ案内されると、食卓の上には、ごちそうが山のように盛りあげてあった。そして、その中心にかざられているのは、恐ろしい思い出のつきまとう、あの黄金の燭台である。

一同がその食卓につくと、玉虫老人が立って、まずあいさつをした。

「このたびは、いろいろお世話になりまして、なんとお礼を申しあげてよいかわかりません。わたしはこのとおり、身寄りのないあわれな老人ですが、みなさんのおかげで、かわいい孫をとりかえすことができました。あつくお礼を申しあげます。これ、小夜子や、おまえからも、みなさんにお礼を申しあげなさい」

老人にうながされて、小夜子も食卓から立ちあがった。

それにしても、小夜子はなんというかわりかただろう。鉄仮面をはめられた、あの顔色の悪い少女はどこへやら、いまの小夜子は血色もよく、照りかがやくばかりの、美しい少女になっている。

小夜子は、上気したほおをまっ赤に染めながら、

「こんばんは、みなさん、よくおいでくださいました。このたびはわたしのために、みなさん、いろいろ危険な目にあわれて、ほんとうに思い出しても、ゾッとするくらいでございます。しかし、そういうみなさんの、ご苦労のおかげで、わたしはこうして、無事におじいさまのところへ帰ってくることができたのです。わたしはもう、こんなうれしいことはありません。心の底からみなさんに、あつくお礼を申しあげます。今夜はほんとうになにもございませんけれど、どうぞごえんりょなくおあがりください」

りっぱなあいさつだった。一同はわれんばかりに拍手をすると、それから、めいめい、

ごちそうをぱくついたが、そのあいだも、一同のあいだにもちだされるのは、こんどの事件の思い出話だった。

「それにしても、金田一さん、どうしてあんなにたくさんの悪者が、この燭台をねらっていたのですか？」

等々力警部が食卓の中心にかざられている、黄金の燭台を見守りながら、ふしぎそうにたずねた。

金田一耕助はにこにこしながら、

「そうですね。それでは、今夜はその話をしましょうか。こうして小夜子さんも燭台も、無事にご老人の手もとへかえってきたのですから」

金田一耕助はナプキンで口をふきながら、

「この燭台をねらっていた悪者には、それぞれちがった、二つの目的がありました。その一組はご老人のおいの猛人くんです。

猛人くんは、この燭台がほしかったわけではない。燭台についている指紋をしょうこに、小夜子さんがご老人のところへ帰ってくるのを、なによりも恐れたのです。小夜子さんが帰ってくると、ご老人の財産を、もらいそこなうからです。そこで、なんとかしてこの燭台を、なくしてしまおうとしていたわけです」

「あの悪者めが！」

玉虫老人は、いかにも憎らしそうに、つぶやいた。金田一耕助はうなずきながら、

「ところが、ここにもう一組、まったくちがった目的で、この燭台をねらっている悪者がありました。それが義足の倉田に、やぶにらみの恩田一味です。

　ところが、いつか怪獣男爵がそのことをきき、わりこんできたのです。怪獣男爵はあのとおり、恐ろしいやつですから、たちまちのうちに、倉田や恩田をやっつけて、これを部下としました。そして、自分でこの燭台を手にいれようとしたのですが、倉田や恩田にしてみれば、それが不満でたまらない。そこで、怪獣男爵をうらぎって、警察へひき渡し、自分でまた首領になろうとしたのですが、それを知った怪獣男爵のために、あいついで殺されてしまったというわけです。こうして、怪獣男爵は、単独でこの燭台をねらうことになったのです」

「金田一さん、その目的というのはなんですか。猛人のばあいはその目的もよくわかりますが、怪獣男爵はどうしてあんなに執念ぶかく、この燭台をねらっていたのか……この燭台にそれほど値うちがあろうとは思えないが……？」

「ところが、警部さん、この燭台はそれだけの値うちがあるのですよ」

「値うちがあるとは……？」

　金田一耕助は、にこにこしながら、

「じつは今晩、それをみなさんにお目にかけようと思っていたんですがね。海野くん、ちょっとその燭台をとってくれたまえ」

　海野青年が燭台をとって渡すと、金田一耕助はそれを手にとり、表面にちりばめられた紫ダイヤをいじっていたが、とつぜんパチッと音がして、燭台が縦にパッとひらいたかと思うと、ああ、なんということだろう。燭台のなかからこぼれ落ちたのは、ダイヤ、ルビー、エメラルド。……ありとあらゆる宝石がまっ白な食卓の上に、さんぜんとして、七色の虹をえがいたではないか。

「あ、こ、これは……」

一同は思わず息をのみこんだ。金田一耕助はにこにこしながら、

「ご老人、小夜子さん、警部さんも、これでなにもかもおわかりでしょう。小夜子さんのおとうさんは、いっさいの財産を宝石にかえて、この燭台のなかへしまっておかれたのです。小夜子さんのおかあさんは、おとうさんのあとを追って亡くなられるとき、きっとそのことをいおうと思っていられたのでしょうが、とうとう、そのひまがなくて死んでしまわれた。だから、小夜子さんも海野くんも、ちっともこのことをご存じなかったのですが、どうしてだか……それだけはぼくにもわかりませんが、義足の倉田や、やぶにらみの恩田がそれを知っていた。そこで小夜子さんと海野くんが、日本へ帰るのを待ちうけて、燭台を横取りしようとしたのです」

金田一耕助は、そこで小夜子のほうをふりかえり、

「さあ、小夜子さん、どうぞお受けとりください。この宝石はみんな、あなたのものですから……」

小夜子はまるで、夢見るような目つきで、すばらしい宝石の山を見つめていたが、金

田一耕助にそういわれると、目がさめたように一同を見回した。それから、軽く首を横にふると、

「いいえ、あたしはその宝石を受けとるわけにはいきません」

「えっ、宝石を受けとることができないとは……?」

「みなさん、おききください。わたしはこうして、おじいさまのところへ、帰ってこられただけでも幸福なのです。ええ、とても、とても幸福なのです。なおそのうえに、そのような思いもよらぬ宝石をいただいては、きっとばちがあたるでしょう。それに、その燭台は、海野さんや邦雄さん、金田一先生や警部さんがいらっしゃらなければ、とっくのむかしに悪者にとられていたことでしょう。そこで、わたし、いま考えたのですが……」

と、そこにつつましくひかえている、妙子のほうへ目をやりながら、

「世のなかには、妙子さんのようなかたが、たくさんいらっしゃいます。なんの身寄りもない、気のどくなみなしごのかたが……わたしはこの宝石を、そういう気のどくなひとたちに、少しでもお役に立つよう、寄付いたしたいと思います」

一同はしばらく、しーんとしずまりかえっていたが、とつぜん、だれからともなく、われるような拍手がわき起こった。

しかし、ただひとり、金田一耕助だけは、あまりうれしそうな顔ではなかった。かれは怪獣男爵を恐れていたからだった。

ネズミ花火のように水の上を走るランチ……木っぱみじんとなって、空中高く吹きあげられたランチ……しかし、……あれから、どんなに捜索してみても、怪獣男爵の死体は発見されなかったという。しかも、それから間もなく、警視庁の留置場にとらえられていた、小男の音丸三平も、たくみに逃げてしまったというのだ。

もしかすると、怪獣男爵は、まだどこかに生きているのではないだろうか。そして、いつかまた、どこかにあらわれるのではないだろうか……。

金田一耕助はそれを思うと、安心して眠ることもできないのだった。

解説

山村正夫

「怪獣男爵」を読まれた読者は、あのぶきみな怪人の姿とそのたんじょうのいきさつを、すでによくご存じなのにちがいない。

世界的な大科学者でありながら、まれに見る宝石狂の大悪とうとして、殺人、ゆうかい、盗みなど数々の悪事を犯していた古柳男爵は、死刑になる前、神をぼうとくするような世にも恐ろしい秘密の研究を完成させていた。人間の脳を取り出して、別な人間に移植するという大手術である。弟子の北島博士に遺言をした古柳男爵は、死後みずからその実験をこころみた。自分の脳を、あらかじめサーカス団から買い取っておいた、ロロというゴリラと人間の怪獣に移しかえたのだ。

こうして生れたのが〝怪獣男爵〟だった。野獣のおぞましさと凶暴性、それに大科学者で大悪とうの知能をかねそなえた、文字どおりの改造人間。古柳男爵はこのようないまわしい手段で、ふたたびこの世に復活したのである。

怪獣男爵の目的は、自分を死刑にした社会に対して復しゅうすることにあった。

そのためには、なんど死地に追いつめられ、ほろびてもほろびても屈しない。捜査当局がこんどこそおだぶつだろうと安心していると、とんでもない話で、忘れかけたころにまたまた復活し、世間をさわがす不死身《ふじみ》の怪物なのだ。

本書は横溝正史先生が、「怪獣男爵」や「大迷宮」の続編として筆を執《と》られた、シリーズ長編の一つである。

「怪獣男爵」のときは小山田博士がこの怪物を相手に戦ったが、こんどは名探偵金田一耕助が登場する。その意味では、金田一耕助のシリーズの一編と呼ぶこともできるだろう。

正義の味方といえば、いま一人、忘れてはならないのが野々村邦雄少年だ。

ジュニア物のミステリーの主人公は、勇かんで知能のすぐれた少年や少女が多い。かれらはどんな悪人に立ち向かってもビクともしない勇気と、いかなる悪だくみをもするどく見やぶる知恵とを身につけている。

野々村邦雄もそうで、まだ中学の二年生だが、金田一耕助も舌を巻くほど大たんですばしっこく、おまけにすばらしく機転がきく。邦雄と同世代の読者だったらなおさら、金田一探偵と力を合わせて腕をふるう邦雄の冒険には、拍手を送りたくなることだろう。

物語の発端となる事件は、瀬戸内海に面した岡山県の南方、児島半島のとっさきにある下津田の町で起こった。

邦雄は夏休みを利用して、その町にあるおじさんの家へ遊びにきていたのだが、嵐の夜、難破船を知らせる半鐘の音を聞いて鷲の巣岬に急ぐとちゅう、重傷を負った見知らぬ遭難者の青年から、黒い皮の小箱をあずけられた。

「かわいい……お嬢さんの運命にかかわる」

といわれて、金田一耕助に渡してくれるようにたのまれたのである。

その夜、灯台守が殺されているのが発見され、船の遭難は灯台の灯が消えていたためであったことがわかった。

おじさんの家に帰って邦雄が小箱をあけてみると、中からは地はだにくっきりと指紋の焼きついた黄金の燭台が出てきた。

物語はその黄金の燭台をめぐって、恐ろしい展開をみせるのである。燭台についていた指紋は、玉虫元侯爵の孫娘小夜子のものだった。小夜子は三つのときに両親に連れられてイタリアへ行き、そこでしあわせに暮していたのだが、両親があいついでなくなったので、お父さんの友だちの海野清彦という青年につきそわれて日本へ帰ってきたのだ。

ところが、船が博多へ着く直前、小夜子は何ものかの手でさらわれてしまった。そして、海野青年と燭台だけが残ったのだが、かれの身にも災《わざわ》いがふりかかった。東京へ向かう船が鷲の巣岬で難破し、重傷を負って海岸へ流れついたところを、怪しい義足の男に連れ去られてしまったのである。邦雄に黄金の燭台をことづけた遭難者の青年こそ、この海野清彦なのだった。

黄金の燭台が大きな意味を持つのはほかでもない。そこについている指紋だけが、小夜子が玉虫元侯爵の孫娘であることを証明する、たった一つのしょうこだからなのだ。

それが奪われれば、かんじんのしょうこは何もなくなってしまう。いわばばくだいな遺産相続のカギをにぎる品とでもいうべきもので、そこに目をつけた悪人たちが暗躍するのである。

だが、そうした悪人たちのグループとは別に、この黄金の燭台に魔手をのばすのが、悪魔の改造人間怪獣男爵である。怪獣男爵のねらいはほかにあるのだが、その目的は最後まで伏せられていてわからない。

つまり黄金の燭台の争奪戦が、本書の最大の興味のまとであり、読者に手に汗をにぎらせる面白さのポイントだといい得るだろう。ミステリー小説ではスリリングなサスペンスを盛り上げるために、しばしばこのような手法が使われるが、さすがは推理小説界の第一人者といわれる横溝先生の筆になるだけあって、読者をハラハラさせる巧みなストーリーの展開ぶりは息もつかせない。

黄金の燭台がいつ敵の手に渡るか？

その心配で誰もが一喜一憂させられるのである。

むろん、燭台はおいそれとかんたんに奪われはしない。それを守るためあの手この手の苦心をはらうところに、名探偵金田一耕助や邦雄少年の面目があり、本書の見どころにもなっているのだ。

下津田の町から東京へ帰る新幹線の列車内で、邦雄は黒衣の女に睡眠薬入りのリンゴを食べさせられて、燭台を入れたボストン・バッグをぬすまれてしまう。読者もハッとしたことだろうが、ムザムザと敵のたくらみにひっかかる邦雄ではなかった。もっとも安全な方法で東京へ運び、かれらの鼻をあかすのだ。その機転のきくことといったら、おとなも顔負けするばかり。悪人一味のアジトであるクモの巣宮殿にとらえられてからも、泣虫小僧のふりをして敵の目をあざむき、こっそりアジトの中を探険して秘密を探るなど、勇気にあふれている。そして、そこで金田一耕助とめぐりあうのだが、「えらい、邦雄くん、おそれいったよ。ああ、海野くんはよい人に、黄金の燭台をあずけたものだ」

と、さしもの名探偵をしてうならせずにはおかないのである。

一方、金田一耕助の探偵活動も、本書ではかなり行動的といっていい。推理の大天才であることはもちろんだが、熱血漢としてのタフな一面が強く発揮されているのだ。神戸にある悪人たちのかくれ家では、天運堂という大道易者に変装したり、クモの巣宮殿では、ピストルを持って敵に立ち向いハデに立ち回ったりする。

ジュニア小説ならではの、さっそうとしたたのもしい活躍ぶりだから、その意味でも金田一耕助ファンは見逃せないだろう。

玉虫元侯爵の遺産相続にからんで、小夜子をおびやかす、しょうきひげの大男をはじめとする悪人一味と、あくまで黄金の燭台だけをねらう、義足の男倉田万造や、やぶにらみの男恩田。それを横合いからひっさらおうとする怪獣男爵。敢然としてかれらの前に立ちふさがる金田一耕助と野々村邦雄少年、それに海野清彦青年。

三《み》つ巴《どもえ》になった戦いが、たがいにだましたりだまされたりしながらつづくうちに、物語は次第にクライマックスへと近づいていく。最後に残った悪の代表は、恩田や倉田、しょうきひげの大男一味を倒した怪獣男爵である。恩田や倉田は、はじめのうちは怪獣男爵の部下だったのだが、二人とも裏切者あつかいをされ、首ねっこをへし折られて殺されてしまうのだ。その無残な仕打ちには、読者は誰しも身ぶるいを感じないではいられなかったことだろう。

世にも非情で残忍な怪物、悪の権化の怪獣男爵。だが、金田一耕助や邦雄の健闘の前には、ついにカブトをぬぐときがきた。

オリオン・サーカスで小夜子とひきかえに黄金の燭台を奪おうとして失敗した怪獣男爵は、ワニやニシキヘビなどの動物たちが逃げ出したどさくさにまぎれて隅田川へ脱出したが、金田一耕助の仕掛けたワナにまんまとはまってしまう。

ランチの上で怪人と名探偵は対決する。敗北をみとめた怪獣男爵は、ランチにしかけた爆薬の導火線に点火。闇夜の水上をネズミ花火のように走って、こっぱみじんになってしまうのである。

怪獣男爵がなぜ黄金の燭台をねらったのか？　その秘密は、無事にもどった小夜子の健康の回復を祝うパーティーの席上、金田一耕助の手で明らかにされる。事件はそれでめでたく解決したわけだが、大手柄をたてたにもかかわらず、金田一耕助はうれしそうな顔をしない。

――もしかすると、怪獣男爵は、まだどこかに生きているのではないだろうか。そして、いつかまた、どこかにあらわれるのではないだろうか……

結末での名探偵の感慨が、本書を読みおわった読者の胸にも、改めてぶきみな余韻《よいん》を残したのではないだろうか。

本書は、昭和五十三年十二月に小社より刊行した文庫を改版したものです。なお本文中には、やぶにらみ、こじき、浮浪者、あいのこ、びっこ、気ちがい、めくら、気が狂ったなど、今日の人権擁護の見地に照らして使うべきではない語句があります。しかしながら、作品全体を通じて、差別を助長する意図はなく、執筆当時の時代背景や社会世相、また著者が故人であることを鑑み、原文のままとしました。

（編集部）

黄《おう》金《ごん》の指《し》紋《もん》

横《よこ》溝《みぞ》正《せい》史《し》

昭和53年 12月25日　初版発行
令和4年 7月25日　改版初版発行

発行者●堀内大示

発行●株式会社KADOKAWA
〒102-8177　東京都千代田区富士見2-13-3
電話　0570-002-301（ナビダイヤル）

角川文庫 23256

印刷所●株式会社暁印刷
製本所●本間製本株式会社

表紙画●和田三造

ISBN 978-4-04-112817-6　C0193

◇◇◇.

角川文庫発刊に際して

角川源義

第二次世界大戦の敗北は、軍事力の敗北であった以上に、私たちの若い文化力の敗退であった。私たちの文化が戦争に対して如何に無力であり、単なるあだ花に過ぎなかったかを、私たちは身を以て体験し痛感した。西洋近代文化の摂取にとって、明治以後八十年の歳月は決して短かすぎたとは言えない。にもかかわらず、近代文化の伝統を確立し、自由な批判と柔軟な良識に富む文化層として自らを形成することに私たちは失敗して来た。そしてこれは、各層への文化の普及滲透を任務とする出版人の責任でもあった。

一九四五年以来、私たちは再び振出しに戻り、第一歩から踏み出すことを余儀なくされた。これは大きな不幸ではあるが、反面、これまでの混沌・未熟・歪曲の中にあった我が国の文化に秩序と確たる基礎を齎らすためには絶好の機会でもある。角川書店は、このような祖国の文化的危機にあたり、微力をも顧みず再建の礎石たるべき抱負と決意とをもって出発したが、ここに創立以来の念願を果すべく角川文庫を発刊する。これまで刊行されたあらゆる全集叢書文庫類の長所と短所とを検討し、古今東西の不朽の典籍を、良心的編集のもとに、廉価に、そして書架にふさわしい美本として、多くのひとびとに提供しようとする。しかし私たちは徒らに百科全書的な知識のジレッタントを作ることを目的とせず、あくまで祖国の文化に秩序と再建への道を示し、この文庫を角川書店の栄ある事業として、今後永久に継続発展せしめ、学芸と教養との殿堂として大成せんことを期したい。多くの読書子の愛情ある忠言と支持とによって、この希望と抱負とを完遂せしめられんことを願う。

一九四九年五月三日

角川文庫ベストセラー

八つ墓村
金田一耕助ファイル1
横溝正史

鳥取と岡山の県境の村、かつて戦国の頃、三千両を携えた八人の武士がこの村に落ちのびた。欲に目が眩んだ村人たちは八人を惨殺。以来この村は八つ墓村と呼ばれ、怪異があいついだ……。

本陣殺人事件
金田一耕助ファイル2
横溝正史

一柳家の当主賢蔵の婚礼を終えた深夜、人々は悲鳴と琴の音を聞いた。新床に血まみれの新郎新婦。枕元には、家宝の名琴〝おしどり〟が……。密室トリックに挑み、第一回探偵作家クラブ賞を受賞した名作。

獄門島
金田一耕助ファイル3
横溝正史

瀬戸内海に浮かぶ獄門島。南北朝の時代、海賊が基地としていたこの島に、悪夢のような連続殺人事件が起こった。金田一耕助に託された遺言が及ぼす波紋とは？　芭蕉の俳句が殺人を暗示する!?

悪魔が来りて笛を吹く
金田一耕助ファイル4
横溝正史

毒殺事件の容疑者椿元子爵が失踪して以来、椿家に次々と惨劇が起こる。自殺他殺を交え七人の命が奪われた。悪魔の吹く嫋々たるフルートの音色を背景に、妖異な雰囲気とサスペンス！

犬神家の一族
金田一耕助ファイル5
横溝正史

信州財界一の巨頭、犬神財閥の創始者犬神佐兵衛は、血で血を洗う葛藤を予期したかのような条件を課した遺言状を残して他界した。血の系譜をめぐるスリルとサスペンスにみちた長編推理。

角川文庫ベストセラー

金田一耕助ファイル11 首
横溝正史

滝の途中に突き出た獄門岩にちょこんと載せられた生首。まさに三百年前の事件を真似たかのような凄惨な村人殺害の真相を探る金田一耕助に挑戦するように、また岩の上に生首が……事件の裏の真実とは？

金田一耕助ファイル12 悪魔の手毬唄
横溝正史

岡山と兵庫の県境、四方を山に囲まれた鬼首村。この地に昔から伝わる手毬唄が、次々と奇怪な事件を引き起こす。数え唄の歌詞通りに人が死ぬのだ！　現場に残される不思議な暗号の意味は？

金田一耕助ファイル13 三つ首塔
横溝正史

華やかな還暦祝いの席が三重殺人現場に変わった！宮本音禰に課せられた謎の男との結婚を条件とした遺産相続。そのことが巻き起こす事件の裏には……本格推理とメロドラマの融合を試みた傑作！

金田一耕助ファイル14 七つの仮面
横溝正史

あたしが聖女？　娼婦になり下がり、殺人犯の烙印を押されたこのあたしが。でも聖女と呼ばれるにふさわしい時期もあった。上級生りん子に迫られて結んだ忌わしい関係が一生を狂わせたのだ——。

金田一耕助ファイル15 悪魔の寵児
横溝正史

胸をはだけ乳房をむき出し折り重なって発見された男女。既に女は息たえ白い肌には無気味な死斑が……情死を暗示する奇妙な挨拶状を遺して死んだ美しい人妻。これは不倫の恋の清算なのか？

角川文庫ベストセラー

角川文庫ベストセラー

角川文庫ベストセラー

不死蝶

横溝正史

23年前、謎の言葉を残し、姿を消した一人の女。殺人事件の容疑者だった彼女は、今、因縁の地に戻ってきた。迷路のように入り組んだ鍾乳洞で続発する殺人事件の謎を追って、金田一耕助の名推理が冴える!

蝶々殺人事件

横溝正史

スキャンダルをまき散らし、プリマドンナとして君臨していたさくらが「蝶々夫人」大阪公演を前に突然、姿を消した。死体は薔薇と砂と共にコントラバス・ケースから発見され——。由利麟太郎シリーズの第一弾!

憑かれた女

横溝正史

自称探偵小説家に伴われ、エマ子は不気味な洋館の中へ入った。暖炉の中には、黒煙をあげてくすぶり続ける一本の腕が……! 名探偵由利先生と敏腕事件記者三津木俊助が、鮮やかな推理を展開する表題作他二篇。

血蝙蝠

横溝正史

肝試しに荒れ果てた屋敷に向かった女性は、かつて人殺しがあった部屋で生乾きの血で描いた蝙蝠の絵を発見する。その後も女性の周囲に現れる蝙蝠のサイン——。名探偵・由利麟太郎が謎を追う、傑作短編集。

花髑髏

横溝正史

名探偵由利先生のもとに突然舞いこんだ差出人不明の手紙、それは恐ろしい殺人事件の予告だった。指定の場所へ急行した彼は、箱の裂目から鮮血を滴らせた黒塗りの大きな長持を目の当たりにするが……。

角川文庫ベストセラー

狩人の悪夢
有栖川有栖

ミステリ作家の有栖川有栖は、今をときめくホラー作家、白布施と対談することに。「眠ると必ず悪夢を見る」という部屋のある、白布施の家に行くことになったアリスだが、殺人事件に巻き込まれてしまい……。

濱地健三郎の霊《くしび》なる事件簿
有栖川有栖

心霊探偵・濱地健三郎には鋭い推理力と幽霊を視る能力がある。事件の被疑者が同じ時刻に違う場所にいた謎、ホラー作家のもとを訪れる幽霊の謎、突然態度が豹変した恋人の謎……ミステリと怪異の驚異の融合！

Another (上)(下)
綾辻行人

1998年春、夜見山北中学に転校してきた榊原恒一は、何かに怯えているようなクラスの空気に違和感を覚える。そして起こり始める、恐るべき死の連鎖！名手・綾辻行人の新たな代表作となった本格ホラー。

深泥丘奇談《みどろがおかきだん》
綾辻行人

ミステリ作家の「私」が住む″もうひとつの京都″。その裏側に潜む秘密めいたものたち。古い病室の壁に、長びく雨の日に、送り火の夜に……魅惑的な怪異の数々が日常を侵蝕し、見慣れた風景を一変させる。

長野殺人事件
内田康夫

品川区役所で働く直子は「長野県人だから」という不思議な理由で、岡根という男から書類を預かる。その後岡根の死体が長野県で発見され怯える直子から相談を受けた浅見は、県知事選に揺れる長野に乗り込む！

角川文庫ベストセラー

絵が殺した　黒川博行

竹林で見つかった画家の白骨死体。その死には過去の贋作事件が関係している？　大阪府警の刑事・吉永は日本画業界の闇を探るが、核心に近づき始めた矢先、更なる犠牲者が！　本格かつ軽妙な痛快警察小説。

本日は大安なり　辻村深月

企みを胸に秘めた美人双子姉妹、プランナーを困らせるクレーマー新婦、新婦に重大な事実を告げられないまま、結婚式当日を迎えた新郎……。人気結婚式場の一日を舞台に人生の悲喜こもごもをすくい取る。

きのうの影踏み　辻村深月

どうか、女の子の霊が現れますように。おばさんとその子が、会えますように。交通事故で亡くした娘を待ちわびる母の願いは祈りになった——。辻村深月が〝怖くて好きなものを全部入れて書いた〟という本格恐怖譚。

神と野獣の日　松本清張

「重大事態発生」。官邸の総理大臣に、防衛省統幕議長がうわずった声で伝えた。Z国から東京に向かって誤射された核弾頭ミサイル5個。到着まで、あと43分！　SFに初めて挑戦した松本清張の異色長編。

乱灯　江戸影絵　(上)(下)　松本清張

江戸城の目安箱に入れられた一通の書面。それを読んだ将軍徳川吉宗は大岡越前守に探索を命じるが、その最中に芝の寺の尼僧が殺され、旗本大久保家の存在が浮上する。将軍家世嗣をめぐる思惑。本格歴史長編。

角川文庫ベストセラー

落差 (上)(下) 新装版　松本清張

或る「小倉日記」伝　松本清張

葦の浮船 新装版　松本清張

透明カメレオン　道尾秀介

スケルトン・キー　道尾秀介

日本史教科書編纂の分野で名を馳せる島地章吾助教授は、学生時代の友人の妻などに浮気心を働かせていた。教科書出版社の思惑にうまく乗り、島地は自分の欲望のまま人生を謳歌していたのだが……社会派長編。

史実に残らない小倉在住時代の森鷗外の足跡を、歳月をかけひたむきに調査する田上とその母の苦難。芥川賞受賞の表題作の他、「父系の指」「菊枕」「笛壺」「石の骨」「断碑」の、代表作計6編を収録。

某大学の国史科に勤める小関は、出世株である同僚の折戸に比べ風采が上らない。好色な折戸は、小関が親密にする女性にまで歩み寄るが……大学内の派閥争いと2人の男たちの愛憎を描いた、松本清張の野心作！

声だけ素敵なラジオパーソナリティの恭太郎は、バー「if」に集まる仲間たちの話を面白おかしくつくり変え、リスナーに届けていた。大雨の夜、店に迷い込んできた美女の「ある殺害計画」に巻き込まれ――。

19歳の坂木錠也はある雑誌の追跡潜入調査を手伝っている。危険だが、生まれつき恐怖の感情がない錠也には天職だ。だが児童養護施設の友達が告げた錠也の出生の秘密が、衝動的な殺人の連鎖を引き起こし……。